叭林芳 著

一路皆风景

Beautiful
Things
On
My Way

敦煌文艺出版社

图书在版编目（CIP）数据

一路皆风景 / 胡林芳著 . -- 兰州：敦煌文艺出版社，2019.6（2022.1 重印）
ISBN 978-7-5468-1745-3

Ⅰ . ①一… Ⅱ . ①胡… Ⅲ . ①诗集—中国—当代②散文集—中国—当代 Ⅳ . ①I217.2

中国版本图书馆 CIP 数据核字（2019）第 100695 号

一路皆风景

胡林芳　著

责任编辑：张明钰
封面设计：何　翔

敦煌文艺出版社出版、发行
地址：（730030）兰州市城关区读者大道 568 号
邮箱：dunhuangwenyi1958@163.com
0931-8152173（编辑部）
0931-8773112　8120135（发行部）

北京一鑫印务有限责任公司印刷
开本 787 毫米 ×1092 毫米　1/16　印张 12.75　插页 2　字数 180 千
2019 年 8 月第 1 版　2022 年 1 月第 2 次印刷
印数：1 501 ~ 3 500

ISBN 978-7-5468-1745-3

定价：45.00 元

如发现印装质量问题，影响阅读，请与出版社联系调换。

本书所有内容经作者同意授权，允许可使用。
未经同意，不得以任何形式复制转载。

序一

追寻生活中的终极诗意

骆有云

初春时节,乍暖还寒。接到余健先生的电话,说他的爱妻胡林芳女士要出本集子,名曰《一路皆风景》,嘱余审阅书稿,写篇小序。

胡林芳是金婺八邑之一的永康人氏,一提起这方风水宝地,人们自然便会想起"为官一任,造福一方"之北宋循吏胡则的故事。她聪慧机敏、爽朗率真、待人坦诚热情,不失永康人智慧、勤劳、务实的优秀品性。

成长如蜕,往事如歌。她是幸运的,出生在永康古山镇的一个普通家庭:父亲是当地一所中学的校长,擅长书画,社会交际广泛,世事洞明,睿智大气,善于处理各种复杂的人事关系;母亲温婉明理,为人善良,勤俭持家;六位兄长和一位姐姐也各有出息。生活在这样的大家庭,历经传统家风的熏陶,耳闻目濡,欢乐一家亲,自然将这个"老幺妹子"视如珍宝,百般宠爱呵护。

大学毕业后,胡林芳跌跌撞撞,寻了多个工作岗位,竟无所适从。后来,一个偶然的机遇,凭借自己的实力应聘到义乌中国小商品城工作,还成了旗下一家分公司的负责人。从此顺风顺水,不但有了一份稳定的工作,还在义乌喜结良缘,寻到了她的挚爱,成家立业,相夫教子,享受美好的人生。

胡林芳在工作之余,酷爱读书、旅游、交友等,并长期坚持文学创作,日积月累，积稿盈箧。这从她《一路皆风景》中诸多情真意切的散文、生活随笔、诗歌中可以得到明证。不可否认，人的一生总要邂逅许多人和事：有的如过眼烟云一晃而过，消失得无影无踪；有的如影相随不离不弃，成为生命中的一部分；还有的雪泥鸿爪，虽然短暂，但印象深刻，也许是人生中的一个重要节点，永远挥之不去……

在较多的篇章中，作者写到了父母的舐犊情深，写到了兄弟姐妹的关怀呵护，写到了丈夫儿子的关爱关切，写到了领导同事的鼓励扶持，写到闺蜜好友的情投意合……

从某种程度上来说，这种与生俱来的乡情、亲情、爱情、友情是一种割舍不断的生命脐带，是一种无可替代的精神寄托，是一种内心深处的灵魂皈依。诚如冰心大师所云："爱在右，同情在左，走在生命路的两旁，随时撒种，随时开花，将这一径长途，点缀得香花弥漫。使穿枝拂叶的行人，踏着荆棘，不觉得痛苦，有泪可落，也不是悲凉。"

桃李无言，下自成蹊。行走红尘，不是所有的旅途都是一帆风顺，也不是所有的愿望都能梦想成真，更不是所有的付出都可收获结果。如此心境，无关悲喜，无关风月，只是一种超然的诗意回归，只有在独自细细地品味中，才能澄明与愉悦，弥漫着一种参透人生真味后的淡然和超越。胡林芳的人生经历，一波三折，历经磨难，但她并不怨天尤人，总是以一种从容平和的心态，坦然面对。

文学如山，尽管在登攀途中崎岖难行，但瑰丽风光常在险远之处。诚如一位著名作家说的那样：写作与生活是相互体恤、勉励中相互成全的。我们衷心祝愿和期待胡林芳写出更多、更优秀的作品，百尺竿头，更进一步！

2019 年 3 月 22 日于怡静苑

（作者系中国作家协会会员、中国散文学会会员、中国报告文学学会会员。浙江省作家协会第八届全委会委员，浙江省建设厅系统文创委副主任，曾任金华市作家协会副主席、义乌市作家协会主席）

序二

人生处处都是美丽的风景

赵文阁

受胡林芳之邀,为其散文诗歌集《一路皆风景》作序,文字并非本人所长,在作者面前难免显得生涩,但出于对她这种精神的认同和钦佩,我愿以此为贺,忐忑命笔,为之作序。

胡林芳 1995 年进入商城集团,先后从事广告业务与设计及和美乡村建设工作,二十多年来,在工作之余笔耕不辍,有着丰富的工作经验和文字功底,是商城企业文化的实践者和推动者。

商城的企业文化是什么?我认为,"改革创新、融合提升"这八个字能生动诠释商城人的精神风貌。回忆往昔,市场和公司的发展从来不是一帆风顺的,从马路市场到国家战略,几代商城人凭借敏锐的市场嗅觉,继往开来,砥砺前行,在"危"中发掘商机,在改革创新中拓展新的空间,在争议和探索中不断前进,最终成就了"全球超市"。

时代总是眷顾不懈奋斗者。我们在平时的工作和生活中,难免遭遇各种困境,有时候会觉得征途坎坷而轻言放弃,很多人会因焦虑选择去抱怨,怨天尤人,但这样往往会使事情变得更糟。这时候,如果你静下心来,用欣赏的眼光去看待生活与工作,并像胡林芳那样把点点滴滴记录下来,你会发现即使是一朵含苞待放的花骨朵儿、一株刚冒嫩芽的小草,却也蕴藏着闪闪发光的生活智慧和人生哲理。不要轻言放弃，只要朝着目标不断奋进，就一定能抵达梦想的彼岸。

"枯藤老树昏鸦，小桥流水人家，古道西风瘦马，断肠人在天涯"，是一种对生活的欣赏和态度，我希望商城人都能做一个有心人，用美好的眼光去看待这个世界，人生处处都是美丽的风景，处处都充满诗意。

祝福所有商城人，以梦为马，不负韶华！

2019年3月8日于商城集团海洋商务楼

（作者系浙江中国小商品城集团股份有限公司党委书记、董事长）

目 / 录

第一篇章　岁月之歌

不离不弃 / 02

美丽的义乌 / 04

"传承"与"改变" / 06

不可或缺的爱 / 08

我的哥哥们 / 10

特别美好的节日 / 13

节日 / 15

情不自禁地爱上它 / 17

珍贵的记忆 / 20

如沐春风的爱 / 22

礼物 / 24

有朋自远方来 / 28

中秋月 / 30

时间 / 32

看见 / 34

关爱之心 / 36

假装自己 99 岁 / 38

优雅风度 / 41

信任窗户 / 43

合宜的话 / 46

我爱你，母亲 / 48

假如羊不为"羊" / 51

看望母亲 / 52

话语情境的作用 / 54

"蜜月"之旅 / 56

我的阿爸 / 58

富有的女人 / 60

难忘年夜饭 / 62

有你真好 / 64

为父之道 / 67

生命的意义 / 69

放轻松 / 71

记忆的作用 / 74

谢谢您，父亲 / 76

感恩的机会 / 78

选择 / 80

"诚信"根植心中 / 83

盼望 / 86

是他们吸引我留在义乌 / 88

我和多多 / 93

微笑 / 96

珍惜"不愉快" / 99

给儿子的一封信 / 102

美女镇长 / 105

服务市场是我们的本分 / 108

今天，义乌小商品市场休市 / 112

挚友 / 115

报答 / 118

约 / 121

煤油灯灯光 / 123

传承 / 124

想念你们 / 125

称赞的歌 / 126

比酒更甜 / 127

不能没有你 / 129

祖国，我的亲密爱人 / 130

消防员礼赞 / 134

溪水旁的橡树 / 135

榜样 / 136

鸟语 / 137

说好了 / 139

想念 / 141

追念 / 142

第二篇章　异域之景

塞班岛印象 / 144

土耳其的"公共厕所"和棉花堡 / 147

芽庄之旅的感悟 / 150

日本的海鲜 / 153

珍珠串式的欧洲旅游 / 155

蛇园记忆 / 157

热情奔放的希腊之旅 / 160

新马泰之旅 / 163

神奇的北京之行 / 166

体验甜蜜爱情的奉化之旅 / 169

幸福的昆明之游 / 172

永远的记忆——南京之旅 / 175

第三篇章　乡村之美

赤岸西海 / 180

乡村赞歌 / 182

画里江南入梦来 / 184

乡村新篇章 / 185

咏春 / 186

迎新曲 / 187

寄语 / 188

后宅行 / 189

新时代之歌 / 190

初春郊游 / 191

第一篇章

岁月之歌

不离不弃

一看到这个词，想必很多人都想到了父母给予子女的那种不离不弃的爱。无论自身的健康与否，无论身份是高官或平民，无论处于顺境时或失意中，大多数父母都会不离不弃地关爱儿女，与孩子同呼吸共命运。人世间这种"不离不弃"的爱带给我们温暖的幸福感。

在《平语近人》的专题片中，就阐述了不离不弃的母爱。片中特邀的老师通过讲解唐代诗人孟郊的《游子吟》，论述了中华民族自古以来重视家庭、重视亲情的传统美德。同时，又引用了西晋时期李密《陈情表》中的"乌鸟私情，愿乞终养"，意思为乌鸦尚且知道反哺，人又怎么可能抛下自己的至爱亲人呢？他解读了遵行孝道不仅是理所当然的，而且能给自己带来心安理得和顺意。以上说的母爱和孝道，都是"不离不弃"之爱的最好诠释。

我很幸运，父母对我不离不弃。这种爱让年轻时的自己就敢独闯他乡，敢于尝试，因为我心里很清楚，无论成功与否，父母都会为我高兴或为我分忧，他们的怀抱永远向我敞开。有趣的是，在生活中机会总是给勇于"冒险"的人。正是自己迈出了也许别人不敢走的一步，从此懂得在职业的生涯中应不畏艰难险阻地不断进取。应该说，一切成绩都要归功于父母，是他们不离不弃的爱一直激励着自己。

更值得庆幸的是，我所在的企业对我也是不离不弃。从20世纪90年代开始到一家商城企业上班，直到今日，我在业务上遇到过许多困难，也曾因为遇到困难产生思想抵触而影响了工作进度。但是，组织始终对我不离不弃，给我改过的机会，也提供进步的平台。虽说，这是一家具有优良传统的企业，造就了许多专业人才，也为有志者提供了就业机会的平台，但是，真正感动我的还是它对企业员工的不离不弃。

　　正如前文提到的一样，李密懂得感恩，报答父母以"不离不弃"的孝道，同样，这样的企业，也值得我们报以永远的感恩。

海洋商务楼 童多综 摄

美丽的义乌

二十多年前，我的五嫂曾这样描述义乌："我们去参加中学生篮球比赛时，所看到义乌的街道是又乱又脏的。"酷爱干净的五嫂的这番话使我对义乌产生过负面印象。

直到有一天，一个偶然的机会，我得以在义乌工作。从此，才认识了真实的义乌——一座无比美丽的城市。

第一次到义乌时，我就被感动了。我所参加面试的单位求贤若渴，不在意我是外乡人，招聘过程严谨而有序，面试考官亲切的笑容令人难忘。总之，被录取的喜悦之情让我觉得义乌的山山水水都是那么美丽动人。

义乌绣湖公园 吴贵明 摄

义乌的美丽也体现在义乌人"相互尊重"的民风中。不难看出，义乌人对那许许多多的历史功臣、义乌名人的缅怀形式简单实用：城市的道路，或者学校，抑或公园等以他们的名字命名。就这样，轻而易举地表达了人们对名人的崇敬之情。今天，人们对那些在义乌小商品市场建设中，为维护经营者的利益愿担当、有作为的党员干部、先驱者们，也是抱着真诚的感恩之心，并在各种场合表达对他们的尊崇。在一年一届的中国义乌小商品博览会中，无一例外地邀请了原中共义乌县委书记谢高华作为开幕式重要嘉宾之一，这是最好的例子。

美丽的义乌拥有实实在在的美。城区大街小巷干净整洁，绿化带郁郁葱葱，树木茂盛，各色花卉点缀其中，如一件件令人赏心悦目的艺术品，对着路人展示；建筑楼宇更是焕然一新，道路两侧的外墙统一披上了端庄美观的外衣，犹如一位位穿着礼服的绅士在欢迎八方来客。

近几年，美丽乡村建设在义乌市政府的组织领导下如火如荼地开展着，可谓锦上添花：文化小镇、田园综合体、游步道、民宿以及各种旅游休闲活动，为生活在这里的人们提供了家庭团聚、享受美食、休闲观光的好去处。因此，人们很容易就获得了幸福感，因为一家人在自己的家乡就可以实现时时能旅游、处处能旅游的美好心愿。相信不久，"义乌人游义乌"的休闲旅游方式将成为市民的首选。

俗语说，爱美之心人皆有之。美丽的义乌正不断地吸引着中外客商，它的美丽让游客流连忘返，像我这样已经扎根在这块土地上的新义乌人，更是以这美丽的义乌为荣。

"传承"与"改变"

　　作为一名青少年的母亲——正值中年的我拥有许许多多的回忆，最难忘的要数有父母相伴左右的童年时光了。父母亲视我为掌上明珠，如果把慈父良母陪伴孩子成长看作是一种有效的家庭教育的话，那么这种教育让我终身受益。

　　先从我的母亲说起。母亲的聪慧和勤劳在家乡远近皆知。就拿"养猪"来说，20世纪70年代末的乡镇，不少家庭都会养一头猪，一方面解决自家用油吃肉的问题，另一方面可以卖猪肉增加经济收入。"杀年猪"的说法想必大家都不陌生，在当时，草料就是猪的饲料，一般而言，养足一年的肉猪才会足够肥壮而卖得上价，故称"年猪"。然而，母亲用心研究出一种喂养方法，半年就可以屠宰的肉猪竟然让收购商抢着上门订购。这引来不少人，他们或因为稀奇赶来观看，或上门讨教养猪技法，一时间，母亲既能干又热心的名声就传扬开来。

　　那时的我，除了对看着长大的猪感到不舍，在他们被杀前甚至会和那些大肥猪说几句告别话，接下来发生的事可够我乐的：帮母亲制作糯米肠——把浸泡过的糯米灌入清洗干净的大肠里，煮熟后即可切片吃；痛快地吃猪尾巴、猪头肉；还有，母亲每次会按习俗派我给爷爷奶奶、叔叔伯伯们……送一大碗煮熟的"猪杂"。

　　母亲在我的心目中可谓无所不能，不但在一个个特殊的节日里给我们做好吃的，平时也总能变出许多新花样的美食。就说"烤饼"吧，母亲能烤肉饼、米糕饼、卷饼、丝瓜叶饼、红糖六角饼，还有各式各样的大锅饼，她还会做豆腐、蒸糕点、晒粉丝……在一个大家庭里，母亲很忙碌是必然的，然而，她总能挤出时间陪我。到了夏天，为我量身做裙子，晚上为我扇扇子。此时，试着回味当时的我躺在冰凉舒适的竹床上，耳边响起母亲哼着的好听的曲子是多么温馨幸福啊！后来，当我的孩子也长到三四岁时，睡前讲故事成了我的惯例。没有人教过我该这样，纯粹是自然为之——重复着母亲爱我的方式而已。同时，乐意宽容别人、懂得和人分享欢乐的事也成了我的习惯。这些给我的生活带来数不清快乐的品格都由母亲传承给了我。

　　父亲对我的爱，可以说是几近"宠溺"。后来母亲曾打趣说："你就是想要天上的月亮，他也会毫不犹豫地为你画一个来。"我也是非常依赖我的父亲，在父亲身边总感觉特别安全和快乐。我唯一的烦恼是不能天天看到父亲，因为父亲在单位里谋有职位，经常很晚回家，早上出门又早，平时很难见到他。因为父亲是当地小有名气的书画老师，所以，即使在家，也总要帮人画些肖像画（当时老人的遗像大都是手工画的）。好在父亲即便在忙的时候也会一手抱着我，一手继续写字作画。不知道为什么，父亲越忙碌，年幼的我就越黏着他。记得有一次，已是深夜时分了，父亲再三劝我让我先睡，但却怎么劝也不起作用。感到万分委屈的我禁不住就放声大哭起来，我都不记得当时自己是因为希望父亲放下手中的工作陪我呢，还是心疼父亲的劳累，反正是谁来劝都没用，直到哭累为止。

　　也许正是因为那次的经历，后来，从自己初为人母直到现在，我一直认为陪孩子的时间最不能耽搁，孩子还小时，尽量先陪孩子睡了再做家务；孩子到了青少年叛逆期，我试着用写纸条的方式和他交流。对我而言，能有这样的耐心对待孩子，不得不说是在父亲的爱的影响下，让我懂得适时"改变"。

　　有一位教育家说过，陪伴就是父母给孩子最好的教育。是的，父母可以让孩子们的生活变得更得心应手、绚丽多彩。

不可或缺的爱

相信不少人刚步入社会参加工作就远离家人到外乡打拼，我的青春也有此经历。现在回想起来，不由得心潮澎湃。首先，当地学校求贤若渴，招引专业人才，使得我这个不那么优秀的专科生得以顺利通过面试被录用，开启了信心百倍的职业生涯。然后，在工作取得一个又一个优秀成绩的同时，又收获了爱情。

那是一个令人难忘的聚会，与兄弟学校的许多青年老师欢聚一堂，畅谈着学科和课堂的种种。其间，我无意间的一个抬头，竟被几米外门框处的一束目光深深地吸引了。那人眼神深邃、表情矜持，他正在看着我，好像在说"我认识你"。他是谁？为什么不走进来？于是，我准备走过去和他打招呼。就在我起身时，他却只打了个手势后就消失了。好在，同行间的谜题总是容易解答，很快，我和他顺理成章地成了朋友。和他交往得越多，越觉得这个优秀的男青年，不仅是我工作上的导师，更是一个可以包容我一切任性行为的好恋人。两年后，虽然他不辞而别，但我依然对他充满感激。他的友爱是我这个外乡人拥有的与众不同的精彩生活的源泉。

之后，我更换了工作环境。多年后，我非常幸福地步入了婚姻殿堂。其实，我和我的另一半之前经历了诸多的考验，最后，因为他的一句"你美丽的眼睛让我情不自禁……"使我们终于走到一起。

新婚宴尔的生活充满激情、浪漫，感觉全世界的人、事、物都在向你微笑，生活无比灿烂、美丽。尤其是他的接纳和爱，不仅让我完全融入了当地的生活，而且使我正式成为另一个大家庭的一员。

时间飞逝，不知道什么时候起，我发现了他的许多缺点。比如经常不在家、不再送玫瑰花给我、说话语气似乎生硬了、也不主动道歉……于是，我叛逆的本性也开始发作，激烈的争吵、冷战等各种"战争"轮番进行。慢慢地，我看见他生病不去关心、他的心情好坏似乎与我无关。我曾发疑问：难道婚姻生活就是这么无趣吗？

直到有一天夜半，在我发觉他起身给我盖被子的一刹那颠覆了我的"疑问"。那时的我猛然发现，我踢被子的坏习惯没变，而他体贴我的做法也一直没变。

从此，我也开始反思：自己曾经做了许多错的、不考虑他感受的事，甚至是对不起他家庭的事，但是，他——我的另一半却从来没有改变对我的爱。我又想：如果，我没有他的陪伴和所付出的一切，我的工作不可能一帆风顺、我的家庭生活不可能如此稳固。他的爱是我生命中不可或缺的！

人们都不会否认，两个人相爱了才会走进婚姻殿堂；我们也都知道，清楚对方所有缺点却还是爱着彼此的爱是真爱，是我们不可或缺的爱。

我的哥哥们

我的父母生养了我的六个哥哥之后,高龄产下姐姐,六年后又生了我。80后出生的人一定感到非常惊讶:有六个哥哥!那该是多么幸福呀!

一点不假,一家人对我宠爱有加是肯定的;能够成为他们的女儿和妹妹,我更是引以为荣。时至今日,我虽然已到了父母亲生我的年龄,但是,每当想到他们,一股暖流就会涌上心头。

兄弟姐妹合影

大哥在盛产山核桃的县市当医生，平时难得见面。记得小时候，只要听到铁桶发出响亮的"哗啦啦"倒山核桃的声音，就知道大哥回来了。幼小的我不喜欢大哥抱，因为要躲避他用胡子轻扎我的脸，感觉不舒服，而他其实是想逗我笑。二哥是天生的领袖，他总是很忙，不仅为工作单位的事，也为家里众弟弟的事操心。英俊的二哥时常送我礼物，一件衣服或是一条丝巾。以前的我对二哥是既怕又爱，爱他，是因为在他们兄弟们一起外出活动时，总能一锤定音让我跟去；怕的是一旦发现我在生活中出现陋习，他就马上毫不客气地指出甚至是严厉地批评。三哥的性格最腼腆，容貌俊俏却不善言辞。母亲常当我们面夸他默默无闻地做许多家务减轻她的负担。三哥的工作就在镇里，离家近，可以说和我们朝夕相处。在我的学生时代，他会额外给我一些零花钱。四哥给我的印象最桀骜不驯，因写有一手好字和不错的文笔，在20世纪80年代当地最有名的一家国企时曾得到领导的赏识，但他的许多行为却总和父母的意愿相违背，尤其是置优越的工作于不顾，非要去搞一些不着边际的发明创造，为此多次被父亲教育。自我初小时就拥有很多图书，包括父母禁止我看的武打小说，我小小年纪就拥有一辆自己的自行车，这些都是出自四哥的赠予。

唯有五哥和六哥是农民户口，所以，父母有意识地让他们高中毕业后就跟外公学镶牙手艺。如今，他们俩都是技艺高超的牙科医生，远近闻名。然而，谁也不会想到，五哥初学手艺时是多么不安分，经常嚷嚷着要开拓一番大事业，还一度离开师傅去走南闯北寻找生意，养蜗牛、卖废铜烂铁他都试过，终因均不得意而重操旧业。五哥一有机会就对我说教，诸如"要做一个刚强有用的人"等，甚至还手把手地教我学会了一套应对歹徒的"少女格斗术"。六哥在众兄长中是后起之秀，是赚钱能手，我们家是镇里的首批万元户，这主要归功于六哥。他也是最会玩的一个哥哥，猎枪、收音机、照相机等一切刚兴起的新事物总会一样不少地出现在家里。自然，我和姐姐是最大受益者，我们都喜欢黏着他。六哥不但长得英俊潇洒，而且是敢于担当的男子汉。有一年春节大年初一，按老规矩我们一家人聚在一起开家庭会议。我和姐姐都觉得非常无趣，想偷偷溜出去玩。听了我们的提议，六哥带上我和姐姐骑车到离家数公里远的一个风景区游玩了近一天。我们都知道，这种先斩后奏的行为必然会受到父母的严厉训斥。结果，回到家后，他边对我们说"别担心"，边独自走向父母，承揽了所有的错。

母亲曾讲，我还在襁褓的时候，因为奶水不足，我的哥哥们骑着四辆自行车分头到隔壁乡镇供销社收集购买了所有柜台上的炼乳。我在哥哥们的爱护下成长，直到有一天，我拥有了自己的"情哥哥"。在我结婚的那一天，哥哥们都送上了满满的祝福。

今天，哥哥们和他们的孩子、孙子们与我和我的孩子继续保持着那种浓厚的亲情、友情和爱。

特别美好的节日

记得读小学时，学校组织部分学生在学校的大操场和镇里的街道上进行"庆祝三八妇女节"的游行宣传活动。当时在游行队列里的我跟着领队一字一句高声喊着标语，心里却不甚明白其中的道理。

转眼三十几年过去了，今天的我已然是有家有室的中年妇女，并且也过上了自己的节日——三八妇女节。此时此刻，不仅已完全理解当年游行宣传的重要意义，而且深感妇女节是个特别美好的节日。为什么呢？让我先从两位长辈说起。

一位是我的奶奶。奶奶很年轻就嫁给了家做火腿生意的爷爷，虽然身在地主家庭，生活无忧，但遗憾的是：她在30岁不到的年龄就因为难产而去世了，留下刚出生的小女儿和四个年幼的儿子。可以想象，奶奶在弥留之际会多么舍不得她的孩子们啊！她年幼的孩子们又多么需要母爱啊！但是，因为当时的医疗条件有限，她失去了活下来的机会。

另一位是我的妈妈。20世纪20年代末出生的妈妈是幸运的，她不用像我的外婆一样裹小脚，后来，她嫁给了青年才俊——我的爸爸。爸爸师范学校毕业后事业蒸蒸日上，工作一直非常忙碌。也正因为此，妈妈只好放弃了自己原有的工作，全身心地投入家庭相夫教子。你说她是老师吧，她的八个孩子就是她的学生；你说她是家长吧，家庭就是她的事业。爸爸在世时曾告诉我们：你们的妈妈是一位难得的聪慧

能干的女人，如果不是为了家庭，她到任何一个行业都将出类拔萃，她是女中豪杰。爸爸对自己的妻子如此欣赏，实在是出于对妈妈的了解和那份深沉的爱。我曾为爸爸怎会始终如一地爱护着妈妈而疑惑，有一次就直接问了妈妈。她告诉我说："孩子，作为女人，一辈子敬重你的丈夫，那么，你的整个家庭都会敬重你。"

这句话对我影响颇深。现在的我可以边回味妈妈的教导，边享受家庭生活的温馨和谐，勇敢面对出现的挫折困难。我也实践着妈妈未曾实践的，我拥有一份自己喜欢的工作，并且作为国企的一员，每年一到三八妇女节这一天，都会收到来自公司的问候和祝福。

所以，在生活越来越美好、环境越来越美丽的当下，每一个三八妇女节，不正是属于我们的美好节日吗？

祝愿天下妇女们：节日快乐！

节日活动一景 余健 摄

节日

孩子们最喜欢什么节日？20世纪六七十年代出生的人多半会说："我们小时候最喜欢的节日是春节。"春节的时候，有新衣服穿、有丰盛的宴席、有压岁钱，并且可以隔三岔五地和众多的表兄妹、堂哥堂姐们欢聚嬉戏，好不快乐！确实，童年过春节给我们带来了无限美好的回忆。

随着经济条件的改善，人们对生活质量的要求越来越高，对各种节日的注重度也不断升级，使得如今孩子们可以欢庆的机会就更多了。

比如，父母每年都会给自己的孩子庆祝生日；老师会陪伴孩子们一起欢度儿童节；国庆长假期间，很多父母会选择带孩子长途旅行，游览古今中外名胜古迹；春节，长辈们总能别出心裁地安排一些让孩子传承风俗习惯的娱乐活动……

毋庸置疑，过年过节不仅是孩子们的欢乐时光，也是每个人不可或缺的生活元素。传统节日不仅能带给我们启迪和思考，也能带给我们美好的回忆，它像一个神圣的盟约一样，让我们每当想起这些特殊的日子，内心就充满对未来生活的无限向往。

就拿清明节来说，记得在我年少时，一位已故阿婆的弟弟从台湾回来探亲。他回家乡的首要之事就是向政府申请为他姐姐建造一座有纪念意义的墓碑。第二年清明节回乡探亲时，墓碑已经按他的意愿立在墓地。以后每一年的清明节，他都会回乡扫墓。清明节期间的家乡

总是显得特别热闹，因为在世界各地的老一辈海外侨胞们，都不约而同地带上他们的儿孙辈回家扫墓，祭奠已逝的亲人。可见清明节对他们来说意义是多么重大啊！

　　对我们来说，意义重大的节日还有很多，如国庆节、中秋节、端午节，还有建党节、建军节、三八妇女节等等。

　　每当给孩子过生日，结婚多年后才喜得贵子的喜悦心情就会涌上心头。每当过结婚纪念日，在这个立下婚姻盟约的日子，我总会再次确认自己不再是孤身一人地身在异乡为异客，而是和他组建了一个家，在这个家里，有人疼我、爱我，夫妻之间还可以拥有彼此所有的一切。

　　每个人心中都有自己的节日，或者说纪念日，不论是悲欢离合，还是生养嫁娶，都突显了生活的多姿多彩，让我们懂得珍惜它们并更好地传承它们。

情不自禁地爱上它

  二十几年前，义乌一所民办高中在《金华日报》上发布的一则招聘广告吸引了我。因为大学所学专业正符合招聘要求，加之对自己的教学能力很有信心，我就决定去参加面试。如果面试成功，我就要独自离乡了。家人对此意见不一。姐说："你已当了一年的初中老师，怎么能辞职呢？"五嫂对我说："我曾是校篮球队员，中学时我们多次代表永康中学去义乌参赛，对那里的印象并不好——路差、学生们穿着很破旧，由此可知他们的生活条件并不好，你一个女孩子家就别去了。"父亲说："对我女儿来说，这可能是一个好机会，何况阿芳性格外向又聪明，不妨去看看。"

  父亲的话鼓舞了我。趁着暑期，我辗转到达义乌佛堂一个指定点应试。面试出奇的顺利，校长当场表示要录用我，并让教导主任亲自带我们一起搭车到校园参观。参观中，当我们走到教职工楼时，主任打开一间最靠近花园和操场的宿舍，对我说："小胡老师，这间房间家具配备齐全，我们特别为你留着的。还考虑到你不是义乌人，校长安排开学就为你配备一辆自行车。"

  校领导的信任和热情让我受宠若惊，以至于完全忘却从家里到学校来回五六个小时的车马颠簸劳顿，毅然决然地成了该校的一名高中老师。

  后来，经过一年的执教，我已经完全融入该学校的生活，义乌人

的善良和热情更是深深地打动了我。就这样,我情不自禁地爱上了这片土地和土地上的他们。

多年后,一位英俊的当地小伙在婚礼上对我表白:"美丽的新娘,我愿意用一生来疼爱你!"新郎的话恰巧也说出了我的愿望。从此,我扎根义乌,相夫教子、买车买房,在这里谱写着美好的生活乐章。

时光飞逝,过了二十多年。如今的义乌,城乡道路四通八达、道路设施标志一应俱全,城区城郊,美丽景观随处可见,可以说义乌处处是风景。如果你驾车在城区的道路上,可以看到不仅路面宽敞,而且路两旁的绿化植物生机盎然,会让人如置身一个大花园般心情舒畅;义乌的城郊、乡镇各地更是大家旅游休闲的好去处。近几年,随着金华市政府对金华"八婺"各县市"美丽乡村、众创乡村"的重视及合力建设,义乌各个镇街、村容村貌集洁净、文明、优美、和谐为一体,令人耳目一新。无论是其中的湖光山色、游步道、自行车道、采摘园、民宿,还是地方饮食等等都无不吸引着各地游客。

在一个春暖花开的季节,因学校一位同事的推荐,我有幸转岗到一家国有企业从事市场业务。这份工作极大地激发了我的一些潜力,我始终如一地热爱它。如今的我已成长为一名党员干部。和大多数义乌人一样,每天开着自己的车上下班,见证义乌日新月异的发展。

就在前些天,一次开车经历让我感慨万分,为自己能够生活在义乌而感到无比庆幸。

事情发生在早上。我一如既往地开车上班,到了一个十字路口,在左转车道上遇红灯,我故意把车停在离前面那辆车相距一米多远的距离,为了在绿灯亮时自己能通过那段距离快速超过前面车辆。突然,左车窗有敲玻璃声,是一个穿戴整洁的男士用手向我示意。我的脑海里立刻闪过一些电视上抢劫的画面,心里嘀咕:也许我不该留那一段距离。于是,不等理睬那人就踩下油门向前挪了挪,再朝后视镜瞄了一眼:显然男士是后面的车主。呀,他怎么又走过来了,不是又要来敲车窗吧?心里忐忑的我又往前行驶,直到和前面车辆的距离估计只有几厘米，心想，这下总可以了吧。不料，那位男士已越过车窗站在我车子前方，面向着我、右手指着车头，用义乌话大声说："你的车牌快掉下来了，必须先找个地儿把它收起！"说话间，绿灯亮起，我甚至来不及和那位男士说声"谢谢"，就随着车流往前开。行驶中，我故意放慢了车速让那位男士的车开到前面，得知他的车是义乌的牌照。

面对陌生人，一个善意的提醒，避免了因遗失车牌而要造成的许多麻烦。这事以后，我为自己当时生发的想法和举动而感到惭愧，也因此更愿意宽容对待身边的每个人。

如今，义乌的发展已闻名全球。义乌的市场在转型中谋求更好的发展，人们见证了生活环境的改善。在这里，穿着各民族特色服装的国际友人屡见不鲜，各种小商品琳琅满目，异国美食餐厅遍布在大街小巷……相较于二十多年前，义乌变化真大啊！然而，我认为真正打动人心、吸引八方来客的是义乌人始终不变的那份友善、诚信和慷慨的美好品质。

义乌，让我情不自禁地爱上了它。我坚信，义乌的明天会更加美好！

国际商贸城鸟瞰图 吴贵明 摄

珍贵的记忆

对父母的思念和追忆从未间断，清明节期间更甚。

快二十年了，父亲离世前留给我的笑容依旧清晰可见。那天上午，父亲躺在床上，全家人围着他，空气中弥漫着离别的悲痛，母亲拉着父亲的左手，兄长们的抽泣声早已不绝于耳。我拉着父亲的右手，意欲挽留亲爱的父亲，我要告诉他，自己还太年轻，需要父亲继续引导走好以后的人生路。父亲微笑地看着我，嘴唇动了动，似乎是要回答我内心的请求。看他的口型起初喊的是我的名字，之后因为自己的眼泪夺眶而出，模糊了父亲之后的"话语"。当我迅速擦掉眼泪再次注视着父亲时，父亲用充满慈爱的眼神正和我们每一个家庭成员告别，最后留下了一张嘴角微微上翘的笑脸。

多年来，每当我想念父亲时，那张笑脸都会出现在我的脑海里。这不仅让我联想起父亲生前给我的每一个安慰，也让我渐渐地明白父亲的那张笑脸不就是告诉我要积极地面对人生吗？事实也是如此。在工作或生活中我遇到过不少挫折和困难，甚至是经受了极大的委屈，然而，只要我坚持用笑脸来面对那个问题，那个问题准能迎刃而解。直到如今，我发现生活中其实没有那么多问题，尤其是人与人之间的交往：只要我们更多地展示自己的笑脸、多多寻找对方的笑脸，过不了多久，你就会发现，生活到处充满了欢声笑语。

比起父亲留给我的钱财、房产，父亲的笑脸是我收获的更为珍贵的财富。

父亲离世后，母亲一如既往地陪伴着我们，直到去年，90岁的母亲离我而去。那天傍晚，母亲躺在病床上，我坐在母亲的脚边，不停地用手摩擦着母亲冰凉的脚，我多么想要让她的脚变暖和，身体再强健起来啊！母亲曾经是父亲的左膀右臂，这么多年，她既是我们的慈母，也是我们兄弟姐妹之间的感情纽带。每次我回老家去看望母亲，她总不忘和我说："阿芳，要尊敬兄长、爱你的姐姐，要互相帮助。"母亲似乎有用不完的法宝，总能让家庭矛盾化干戈为玉帛。有母亲的家，和谐而快乐！

直到入夜，母亲的脚没有再暖和起来，她走时安静而祥和。她的儿女、孙辈们都不约而同地站立在母亲的遗体身边，久久不愿离去。

虽然说，经历了与父母的生死离别令人心痛不已，然而，我更感谢有这样的父亲母亲陪我走过人生的一程。因为，在我的记忆里既有父亲留给我的"珍贵礼物"，还有睿智慈母经营家庭所树立的榜样。这些记忆深深刻在我的脑海里，使我更加珍爱生命、爱惜光阴、珍惜每一份友情和亲情。

这份记忆将让我受益一生。

如沐春风的爱

在中东，流传着这样一个古老的故事：一个富翁有两个儿子，大儿子稳重懂事，每天兢兢业业地工作。小儿子却生性顽皮，结交了一些游手好闲的伙伴，刚一成年就向父亲提出了一个要求，即让父亲把属于他的那份家产以现金的形式全额兑现给他，理由是他要到国外发展。父亲答应了他。

小儿子到了国外后却过起了吃喝嫖赌的糜烂生活，几年的时间就坐吃山空，到了穷困潦倒的境地，身边的朋友都离开了他。就在走投无路之时，幸得当地有人给他提供了一个在山里喂猪的工作。山村里的苦力活自然很是辛苦。有一天，他感觉肚子饿得慌就跑到猪圈里，恨不得掏些猪食吃。那一刻，他猛然醒悟：我的父亲不是大富翁吗？雇工许多、粮仓遍地，难道我还要在这里挨饿吗？只是不知道父亲会不会原谅我，会不会允许我回家。于是，他在心里拟定许多请求原谅的话语，比如，"父亲，我冒犯了你，我这次回来，我只愿做你的雇工"，等等。

小儿子回到了家乡。他衣衫褴褛地站在远处望着父亲的家，嘴里再次默念着他见到父亲时该说的话。突然，他看到一个老人虽然步履蹒跚却试图努力跑向自己。那正是自己的父亲！于是他也迈开脚步奔向父亲。当他们相遇时，小儿子即刻跪下，说道："父亲，我得罪了你，我这次回来，只愿做你的雇工……"还没等小儿子说完，父亲拉起儿子，抱着他，不停地亲他，老泪纵横，激动地说："我儿，你回来就好，回来就好。有父亲的一份，就有你的一份。"

这个故事表达了父亲对孩子那种不计前嫌的爱，正是现实生活中许许多多父亲的真实写照。毋庸置疑，这种爱深深温暖了孩子的心。我们也深信，经过挫折坎坷的小儿子，一定会被这个父亲的爱感化、受教。

人世间的爱有千万种，有父子之爱、母子之爱、夫妻之爱、亲朋好友之爱、师生之爱等等，然而，有一种爱特别珍贵，会让人如沐春风。这种爱会出现在热恋的小情侣中。面对日思夜想的恋人，即使对方说错话、做错事，或者发生了不小的分歧，他们总能很快地找到理由原谅对方，也许只需要一个眼神、一个拥抱，就足以让人如沐春风，很快地"天下太平"了。

在众所周知的母爱里，更是屡见不鲜。我尤其佩服我的母亲，在我之前已经养育七个子女的她，却总能让我感受到那种如沐春风的爱。那是在我读初中时，我极其叛逆，遇到什么事情都和父母对着干，还动不动对他们发脾气；他们好言相劝，我也听不进去，甚至采取故意不读书、不写作业而让他们心里难受的极端行为。母亲却不厌其烦地通过各种渠道了解我的思想，想方设法帮助我。或到我的房间找我说话，或让父亲到学校找老师了解情况，或让兄长们带我出游，还让我邀请同班要好同学周末到家里吃饭，等等。总之，她对我的态度是始终如一的耐心和温柔。正是她的这种爱滋润了我的心灵，陪伴我顺利度过了叛逆的青春期。

每个人都需要如沐春风的爱，因为每个人都有不顺利的时候，这种爱能带给我们心灵的平静，带给我们阳光的心态。

愿我们不管身为父母、孩子、丈夫或妻子，都能给身边的人一份如沐春风的爱。

礼物

礼物是指不用付出代价而得到的东西。上班领工资，工资是工作的人付出劳动所得，不能算是礼物。又比如，到了年底，企业老板在某次会议上说："兄弟们辛苦了，今年效益好，我决定送每位中层一辆车。"额外赠送的这辆车就是"礼物"。

大家都喜欢礼物。就像一个家庭主妇去商场买东西，赠品没有人不要的。如果赠品恰巧是家庭所需的，想必购买者，即便已经回到家，但发现没有领取那份额外赠品的话，也一定会不辞辛劳地回店家那儿领取。在生活中还有很多例子。无论男女老幼，或是过生日时收到礼物，或是家人出差归来时给我们带礼物，在收到礼物的那一刻，每每都是喜笑颜开，内心的欢快感不言而喻。

收到礼物时感到快乐，不仅仅是因为那是白白得来的，还因为那是亲人或朋友表达亲情、友情的一种方式，使收礼物的人有不言而喻的幸福感。下面有一个故事，足以说明"礼物"的作用。

某天晚上，几个年轻的酒店女服务员下班后，一如既往地到一家小饭馆聚餐。她们在吃饭聊天的时候，饭馆的老板得知，其中一位姑娘的生日就在当天。饭店老板熟悉这些姑娘们，她们都是从外乡来到这里工作，远离父母亲，非常不容易，于是心生怜惜之情，随即出门去买了一个大蛋糕。老板把蛋糕放在她们的桌子上，并说明自己这样做纯粹是为了向某某姑娘表示祝贺，然后请大家一起为姑娘唱生日歌。

这时，发生了令人不解的一幕：那位过生日的姑娘眼里含着泪，对大家说："这是我21年来，收到的第一个生日礼物，我太激动了，请求你们不要吃蛋糕。"大家面面相觑，不知道怎么回应。老板说："这已经是你的礼物，我们都听你的。"姑娘感激地看看老板，又说："我感到太幸福了，我要把蛋糕带回寝室，我要延续这种幸福。"说着，她就上前把蛋糕捧在怀里，慢慢地走出饭店。在场的人，谁都没有想到，一个蛋糕可以让姑娘作出这么出人意料的举动。

那份礼物，对她来说一定具有非同寻常的意义。

不同时期的礼物有着不同的意义。记得自己刚上初中的那一年，我的一个哥哥送给我一辆自行车，那辆自行车陪伴我走过了初中和高中，上学和放学，我都骑那辆自行车，它成了我中学时期的好"伙伴"。

对我而言，最不能忘记的要数生日礼物了。那是什么礼物呢？一碗鸡蛋面。20世纪的70年代至80年代初，正是我的童年和青少年时期，那时，粮食不是很充裕，能够吃上一碗鸡蛋面，是一件十分开心的事。况且，妈妈在生日那天做的面特别好吃，面条是妈妈擀的，劲道十足，外加两个剥了壳的水煮蛋藏在面条的底部，火腿肉炒青菜铺于面条上方，绿油油的青菜和黄灿灿的、炸得恰到好处的火腿丝香气扑鼻，令人味蕾大开。每次，妈妈刚把鸡蛋面端上桌，我总是很猴急，还没听完爸爸的祝福，就急急忙忙地吃了起来。有时，妈妈在给我过生日的同时，会给比我大6岁的姐姐也做一碗鸡蛋面；而姐姐生日吃鸡蛋面时，我也有一碗。不知不觉，生日吃鸡蛋面已成了我过生日必不可少的一件美事。即使是现在，一到生日那天，自己也会忍不住要去小吃店吃上一碗鸡蛋面。虽然再也吃不到妈妈煮的鸡蛋面了，但是，妈妈做的鸡蛋面这份生日礼物，将成为我一生的温馨回忆。

女孩子们什么时候收的礼物最多呢？我想应该是在谈恋爱的时候。青年男女互送礼物，或是见面礼，或是表达自己的爱意，或是为了引起对方注意而送礼……大多男女在交往中互送礼物，也许受传统观念的影响吧，一般来说，男孩送礼的主动性会更强些。所送出的礼

物的品种繁多，可谓五花八门。比如鲜花、装饰品、日用品或化妆品，甚至有黄金首饰等。

不得不说，不是所有的礼物都可以随心所欲地收取，收礼有一些不成文的规则。

很多聪明的女人在自己做姑娘的时候就知道一个收礼原则，即作为女方，即使和男方已经情同夫妻了，如果还没有领结婚证，一些礼物就不能随便收取，即使是定亲礼也不行。如此懂得做一个自尊自爱的女人的重要性，这除了得益于长辈们的教导，有不少"教训"就发生在我们身边，警示着我们。下面有一个真实的案例。

男女双方决定定亲，于是男方送出的彩礼是价值好几十万的物品还有现金等，女方也都照单全收了，这本是一件美事、喜事。然而，时隔不久发生了不愉快的事，因为某种原因，一方提出分手。男方当场向女方要求收回彩礼。最后的结局，大家可想而知：闹得两家不欢而散。这个故事告诉我们，虽说礼物是额外的赠送，但这样的礼物代表着某种约定，不能随便收取。

有一种送礼，值得我们提倡。它既显温馨浪漫，又能增进感情，那就是婚后的夫妻之间互送礼物。即使是结婚四五十年的老夫老妻，也需要表达相伴多年的感谢之情啊！何况众多的中青年夫妇呢？是礼轻意重也好，送钻戒、房子也罢，都凸显了夫妻间的情深意切，能带给我们难以言表的愉悦，最是珍贵。

礼物不仅是表达美好情谊的一种方式，如果运用得当，它还可以起到化解矛盾的作用。比如，兄弟俩为了某事有了争执，导致互不来往，更有甚者，火药味儿十足，眼看着随时可能爆发"战争"。这时候，如果一方有化解矛盾的主动意识，带上一份合适的礼物以表达诚意，联系对方、耐心沟通、适时调节，如此这般，双方冰释前嫌也不是不可能。礼物在沟通谈判中起到的作用，往往胜过千言万语。

除了在生活中，礼物起到重要的作用，在国家处理国际事务、结交国际友人等方面也一样，恰到好处的送礼之道能给国家之间的交往带来意想不到的好处。从新闻报道中可以看到，我们给欧美等多个国家赠送了熊猫作为礼物，无疑就是好的例子。

我们的生活离不开礼物，只要合理利用，礼物带给人们的不仅仅是好处，它也彰显了友情、爱情、亲情的无限美好。

义乌篁园大桥 吴贵明 摄

有朋自远方来

在我小的时候，因为父亲在当地是小有名气的艺术工作者，家里经常有各种客人拜访；母亲身为六个妹妹的长姐，姐妹之间的来往也是家常便饭，所以，在我们家自然是热闹的日子居多。在20世纪70年代，虽然人们的生活条件并不富裕，但是直到我懂事，甚至是工作后，也从没有听父母亲说过一句类似××客人不讨人喜欢的话语。母亲对我说过的一句话倒至今令我记忆犹新："孩子，要记住，上门即是客，对客人一定要笑脸相迎、热情招待。"

母亲这么说，也是这样做的。只要是到我们家的，即使是一个路过家门口的乞讨者，母亲也会送件衣服，甚至一碗米饭。母亲的"好客"有时却令我大为不解。

有一天，一位我不认识的阿姨带着孩子来到我们家做客，母亲热情地邀请她们吃晚饭。按照家乡的习俗，有客人到家里吃饭，就要为每个客人准备一碗面条加两个水煮鸡蛋。母亲有个习惯，即给客人做的同时也总会有我的一份，幼年的我正因此而喜欢家里来客人。不巧的是，那天，她在给客人煮鸡蛋时发现没有多余的鸡蛋了，就对我说："阿芳，客人到我们家是很难得的，今天阿芳不吃鸡蛋，明天再补吃两个。"母亲就这么毫无商量宣布了决定，留下我一个人在厨房哭鼻子。我当时心里怨恨母亲：我才是你们的心肝宝贝呀，别人的孩子有那么要紧吗？

那件事过后不久，有一天，那位阿姨又来到我们家，说是到了采摘橘子的时候，邀请我们去做客。父母因为有事不能去，就让我一个人跟着去了离家并不远的那位阿姨家。留住在阿姨家的几天时间里，我不仅和她女儿结伴玩耍，体会到从未有过的果园采摘乐趣，而且还每天吃阿姨给我煮的鸡蛋面，直到有一天我忍不住告诉阿姨：我不想再吃鸡蛋面了。

后来我才知道，是母亲平时热情好客、乐于助人的举动感染了那位阿姨，于是有了我吃鸡蛋面吃到腻的经历。

如今的我在一家广告公司工作了二十年，一直认为家乡的俗语"上门即是客"也适用于"公司接待"理念。平时，我们都称与我们合作的经营户或企业主为"广告客户"，客户是我们公司的"生命线"，这一点，公司各个部门的工作人员都心知肚明，大家都按接待制度主动热情服务好到访的每一位广告客户。正因为此，公司的发展日渐兴旺。

对家庭、对公司来说热情待"客"很重要，对国家来说不也如此吗？当今世界，国与国之间的交流日益频繁与深入，G20峰会的召开就是各国之间交流对话的一次极好的机会。2016年G20峰会在杭州的成功举办，不仅说明了世界对中国的信任，对我们来说也是一种无比的荣幸。同时，给我们和世界都带来了诸多积极影响，既促进当地外向型经济和国际化水平，也代表发展中国家向全世界发声。论语有言：子曰，有朋自远方来，不亦乐乎？

中秋月

改革开放后，农村开始实行分田到户。那一年的中秋之夜，明月高挂在天空，月光皎洁，凉风习习，吹得人们的心头感觉无比舒畅。父母亲召集一家人来到当年新入住的一栋三层楼的顶楼平台，围坐在一张小圆桌前。大家吃着月饼，喝着茶水，你一句我一言地聊起天，拉着家常。有身为教师的嫂嫂和当医生的大哥、二哥，有在工厂上班的三哥、四哥，还有开牙科诊所的五哥、六哥，我们都按着自己的喜好畅所欲言，气氛热闹而温馨。

母亲在家庭团圆聚会中总是起到主持人的作用，谈笑间，她提高音调说："瞧，现在我们家这个平台处于全镇最高的位置，周边的房屋尽收眼底呢。""就是呢，这个平台，还是我们夏天乘凉的绝好场所。"有人兴奋地插上一句。"这都归功于你们兄弟姐妹的团结互助呀，以前，弟妹还小的时候，除了你爸爸的一份工资，主要靠拥有居民户口的四个儿子支援着这个家；近两年，老五、老六学艺出师独自经营后，为建造这栋三层楼更是出了大力。今年，政府分田到户，家里那两亩地水稻的种植和收割也是靠大家同心协力才得以完成啊！"母亲兴致勃勃地娓娓道来。大家高兴地回应表示赞同。母亲继续说："除了阿芳读初中、阿景读卫校，儿子们都已成家立业了。今天，你们的阿爸有事情要和大家说说。"

我们知道，父亲一旦开口准有重要事情要宣布。果然，父亲坐在竹椅上，平静地说："我和你们的母亲商量过了，拟写了一份房产分配遗嘱，把新老两栋房子按户分给大家，男女平等，人人有份。"说着，父亲取出一张写满内容、签过字的信纸，说："这张纸由你们大哥保管。"顿时，夜在月色下显得格外寂静。"阿爸，您纸上写着的一家一户不就是现在大家已经住着用着的房间和厨房嘛，没必要这么早写的。"大哥的话首先打破了沉寂。随后，气氛又恢复了热闹。"这就权当我和你们阿妈留给你们的备忘录吧。"父亲说完后起身拉上我说："阿芳，我们去平台那边转转……"

光阴如梭，十多年后，当年的阿芳已长大成人，大学毕业后在外地找到工作并且谈恋爱了。那一年的中秋佳节，男友拉着我的手说："我们结婚吧，我会疼你一辈子。"月光下，恋爱中的男女总是有说不完的情话。

也许是因为那个中秋夜我的坚持，即坚持恋爱关系得到父母的认可后才得以确立，并坚持领了结婚证再过夫妻生活，所以，丈夫几十年如一日地宠爱着我，几乎每天我都能体会到这份甜蜜的感情。

今年的中秋节又快到了。丈夫提出说："我们把我的父母亲、姐姐、弟弟等家里人都请来一起过中秋节，大家一起吃顿饭，再一起到顶楼花园赏月，一家人团圆一下。"我当然非常赞同。因为，一个懂得尊敬父母，懂得自己在一个家庭中负起责任的男人，不仅是有魅力的，而且也是成熟可靠、令人敬佩的。我哪有不答应的道理呢？

此时此刻，我特别感怀本文中提到的第一个中秋夜，父母让一个大家庭的气氛既温馨又和谐，那段经历给我留下难忘的记忆。也正因为此，我盼望着下一个中秋夜快点来到。

时间

爱因斯坦曾提出时光相对论：假如年轻的你坐上时速超过光速的"时光机"去太空，在那里停留一分钟后回来，这时，你会发现你的所有朋友已经变老了，而你依然年轻。原因是你已经超出了"时间范围"。

也许我们很难理解其中的道理，但是有一点可以肯定，即作为在"时间范围"里的人类，可以观赏日出和日落，生活状态自然、美好，生命生生不息。

"时间"对我们来说意义重大。

毋庸置疑，时间是宝贵的。有谚语云，"一寸光阴一寸金、寸金难买寸光阴"。只有懂得珍惜现在、活在当下，做一个对家庭、对社会有用的人，才会一生无憾。

时间也是解决我们生活中出现问题的帮手。假如有人失恋了，他应该明白这并不意味着世界末日到了或者是自己生命该结束了，因为我们可以花点时间抚慰自己的心灵，也可以花点时间结交新的朋友，还可以带着更懂得珍惜你爱的人的心态走进新生活。正如一首歌所唱的：时间是最好的解药。

时间也是实现梦想的保证。春秋时期的哲学家、军事家、政治家管仲在《管子·权修》中写道："一年之计，莫如树谷；十年之计，莫如树木；终身之计，莫如树人。"与"十年树木，百年树人"都是同一个道理。一个人要实现自己的梦想也是一样，总是需要一段时间的磨炼和实践的。

有了时间，我们不仅可以享受美食、体验亲情和爱情，也可以追求梦想，甚至有不少人创造了奇迹。时间带给我们的不仅是体验，还有机遇、收获。

人的生命是有限的，我们没有理由不珍惜当下。

二月春风似剪刀 金福根 摄

看见

有一个故事，讲到一个国王在一个早晨走进他的花园，发现园内几乎所有的花草都枯萎凋谢、奄奄一息了，国王就走到花园门口问一棵橡树究竟出了什么事。他查明了真相，原来，橡树因没有像松树那样长得那么高大俊秀，所以就生出厌世之心，不想活了；松树因不能像葡萄树那样多结果子而垂头丧气；葡萄树因既不能直立，又不能像桃树那样结出那么美好的果子而痛不欲生……

最后，国王来到一棵三色堇面前，发现它仍像往常那样愉快地面带喜色，因此就对它说："你好，三色堇，我很高兴终于在沮丧的草木中发现一朵勇敢的小花。你看起来气色不错。"三色堇答道："尊敬的国王，虽然我是朵不起眼的小花，但是当你选择将我根植在这个大花园时，我感到非常荣幸并决定尽我所能做一棵最好的三色堇。何况，你也看到了，生活多么美好，我不仅可以尽情享受阳光雨露，还会得到你们的精心养护！"

小小的三色堇不仅认识现在的自己，同时还能看到美好的未来。

确实，学会"看见"很重要。在我们的生活中不乏诸如此类的例子。比如，假如你是名中小学学生，也许正为不能随心所欲地按自己的心意看电影、打游戏、旅游交友等而烦恼，感觉自己每天要面对做不完的作业，还要听父母喋喋不休地说"要这样、不能那样……"，然而，当你认识到自己如今正处在学习文化知识的最佳年龄段，正如一棵葡萄树想要有朝一日硕果累累就必须接受园丁适时的修剪枝条。你应该看到你的同龄人并不都如你们这样能享受老师的循循善诱、父母的照顾陪伴；光阴似箭，很快，你们将会成为社会的栋梁，社会需要你们去帮助许多需要帮助的人。

"眼睛是心灵的窗户"。如果没有窗户，心灵将暗淡无光，既看不见自己，更看不到未来，结果可想而知。

众所周知，《假如给我三天光明》的作者海伦·凯勒，她虽然是一个失明的残疾人，但她拥有一双明亮的"眼睛"，她看到了帮助过她的人，看到了自然界日出日落的神奇，看到了人们生活的美好，因此写出了这本充满感恩的作品，当之无愧地成为一名被世人尊敬的作家、教育家。

让我们都拥有一双明亮的"双眼"，能看见人世间的真善美。

关爱之心

赠人玫瑰,手有余香,关爱给人温馨,予己欢乐。

确实,生活中离不开关爱。朋友间的关爱,能增进珍贵的友情;夫妻间的关爱,能促进相濡以沫的爱情;家庭中诠释的关爱,体现了亲情;一个组织中充满了关爱,彰显了该组织的凝聚力……

中国历史上伟大的军事家、政治家、改革家吴起,在魏国担任大将军时,领兵攻打被称为"虎狼之师"的秦国,接连攻下秦国五座城池。史书上记载他带兵,与最下等的士兵穿同样的衣服,吃同样的伙食,晚上睡觉不单独铺设床铺,行军不骑马,自己背军粮,与普通士兵同甘共苦。他作为一个大将军,最受他的士兵尊敬的是他对士兵有一颗关爱之心。比如,每每士兵得了疽疮,吴起都会亲自为他们吮吸脓液。这让得到医治的士兵怎能不对长官感激涕零呢?这让耳闻目睹此情此景的士兵怎能不对这样的将军忠心耿耿呢?

在战火连天的战国时期,有这么关爱士兵的将军,实属难能可贵。

当今,我们处在信息技术发达的网络时代,企业主对员工,或者上级对下级关爱的事例比比皆是。许多组织和团队都有自己的一套关爱员工的措施和方法。比如,有一家银行就提出他们关爱员工的举措之一是:重视精神奖励,不要吝啬你的赞美之词。美国钢铁大王安德鲁·卡内基选拔的第一任总裁查尔斯·史考伯说:"我认为,能够使员工鼓舞起来的能力,是我所拥有的最大资产。而使一个人发挥最大能力的方法,是赞赏和鼓励。"可见一个企业运用关爱举措的重要性。

如果你是企业里的一名党员干部,那么,你除了要带领员工围绕"新常态下"实现各项工作目标,进一步强化为员工服务的意识和能力外,更要研究如何了解员工、关爱员工。

常言道:关爱别人就是关心自己。无论我们的一生有多少经历,无论我们所处的环境有多么不稳定,只要我们都存有一份关爱他人之心,相信这样的人生一定是美好的,相信无论在怎样的环境下,我们都能安然度过。

关爱之心,温暖人心。

假装自己 99 岁

每当夜深人静时,还不到"知天命"的我时时会想念已故的双亲,脑海里尽是孩提时他们给我的无尽关爱……让我无比眷恋。

于是,我突发奇想,假装我现在是一个白发苍苍已有 99 岁高龄的老人,又巧遇阿拉丁神灯,它愿意让时光倒流 60 年,给我一年的时间来重新经历这段时光吗?

那一年,孩子读小学一年级,就在他放寒假拿成绩单的前一天,我和爱人商量先去永康城里看看我八十多岁的母亲,因为大年初一我们就要启程去国外旅游。母亲的耳朵有点聋了,我们出发前打的电话是阿姨接的。

一进门,孩子一声响亮的"外婆"后就一个箭步跑向外婆。之前,似乎算准时间的母亲早已拄着拐杖站在门口等着,伴着爽朗的笑声,她一边用比孩子更响亮的声音说"多多来啦,哈哈哈哈,外婆真高兴",一边张开右手膀臂把外孙拥在怀里。

"妈,我们给你带了点铁皮枫斗,你要按时吃。"我和丈夫跟着母亲走到里屋坐下后说。母亲拉着外孙的手,顾不上回答我的话,不停赞美着外孙。我们都知道母亲一直非常地疼爱他,而孩子也和外婆特别亲。记得在他两岁左右时,还不大会说话,有一次母亲照常一星期一次去古山的我哥哥家,看看住在那的外孙。正当大家忙着聊一些家常事的时候,孩子却走去拉着舅妈的手来到厨房,手指着一口锅和一个盒子，嘴里说"外婆，吃"。可是舅妈和舅舅都听不懂是什么意思。于是，他就从盒子里取出一个鸡蛋往锅沿一敲，顿时，蛋液流了一地。这时，大人们才明白他的意思是"外婆来做客就要煮鸡蛋"。这在当地是待客最热情的方式呢，从那以后，外婆逢人就夸她的外孙有多么的聪明时又多了一个话头。

相聚的时间过得很快，丈夫提醒我们到了吃晚饭的时间，该回义乌了。后因为母亲的执意要求，我们还是留下来吃了晚饭。吃完饭，天很快就黑了。我和孩子说："多多，和外婆说再见。"这时，母亲把孩子抱在腿上，皱着眉头说："这么急干什么，明天是星期天，你们住一个晚上再走。""外婆，我明天早上还要参加休学典礼和取成绩单呢。"孩子说。我也说："是啊，妈，我们还会来的，今天你也该早点休息了。""不行，成绩单可以让别人帮忙取呀，我舍不得外孙哪。"母亲的声音有些沙哑，我看见母亲流泪了。我很诧异，母亲的事业辉煌，她的坚强和能干在当地远近皆知；我长这么大也从来没有看到她流过泪，今天是怎么了？在丈夫的再三催促下，我顾不得想那么多了，还是准备回去了。

正当我站起身的一刹那，我看到了阿拉丁神灯在我的上方闪烁着，我恍然大悟：我是99岁的老人，今天我有这样的机会重新经历这段时光，我怎么能自私到不顾母亲的请求呢？今天陪她一个晚上，如果孩子的相伴能满足老人的心愿，这不比拿什么孝敬她都好吗？

在我的坚持下，我和孩子留了下来陪着母亲。我们三个人睡在同一张床上，母亲睡中间，我和孩子轮流讲一些有趣的事给母亲听，直到母亲安然入睡。

看过母亲进入梦乡那甜蜜的笑容，带着母亲第二天和我们道别时对我们的满满的祝福，我的心里有说不出的喜乐。这种喜乐影响了我在那一年的生活，使我看见生活中更多的美丽；更多地理解夫妻间需要互相理解谦让、朋友同事间团结友爱和互相信任的可贵。那一年，我感觉空气特别的纯净，阳光尤其明媚，小鸟的歌声婉转动听……

假装自己 99 岁了，而实际上自己还这么年轻，我忍不住暗笑：我要珍惜生活的每一天，珍惜身边的每一份友情、亲情。因为以后将过的这五十多年都似乎是白白得来的呢。

荷花香里藕丝风 金福根 摄

优雅风度

享誉世界的美国思想家，被称为"美国文明之父"的爱默生曾说过，"优雅的风度要比美更为美丽"。确实，优雅的风度让人赏心悦目，会给人们留下深刻的印象。有些国家，用"绅士"一词来概括拥有优雅风度的人士。

我们相信，拥有这种风度的人在任何一种场合都大受欢迎。不过，人们性格气质上的差别和人生经历的不同多少阻碍了它随心所欲地体现。对此，我们往往会通过学习来培养它。美国外交家富兰克林就曾这样告诫年轻人：不要在你囊中羞涩的时候去同你的债主谈论有关还债的事情，因为，他会从你的言谈举止里看出你的窘迫，然后便会像对待一个乞丐那样对待你，甚或侮辱你，你应该努力工作，再忍受一段时间的穷困，等到你的情况好转的时候，你再去见你的债主，用一种不卑不亢的口气同他交谈，而这时候他便会给予你足够的尊重了。该劝诫中"不卑不亢的口气"可算是那种情境下所能表现的优雅风度了。

一个人风度的表现往往也会被自己的情绪左右。为此，在某些场合，抵制情感成了时尚。当我们在荧幕中看到明星面对成百上千的粉丝追捧和接受众多记者的采访时，他们的脸部表情表现出来的淡定——那种优雅风度无不令人啧啧。这种反对情绪化的思想早在20世纪初英国拉格比市的一所公立学校表现得特别突出，即他们的校长

教导学生：真正的绅士从不流露情感，总是驾驭这些情感。那里的人们甚至视随时随地地流露情感为不太雅观的事。难怪，观赏那时候的电影或视频，我们所看到的戴着高高礼帽的"绅士"都有一副不苟言笑的"苦瓜脸"。

　　适时地控制情绪固然有好处，但我们无法也不该脱离实际地为了表现优雅风度而故作姿态。有个实例，其中的男主角表现了极优雅的风度。他是一家之主，事业有成，每天为单位的事早出晚归。而妻子负责在家料理家务。某天，女主人遇到了烦恼的事有一肚子火无处发泄。恰巧丈夫回家，于是，她一个箭步冲向丈夫，一边哭一边紧握拳头敲打对方的胸脯，说："都怪你，让我每天在家里……"丈夫不明就里，他其实也很疲惫，心里也有烦恼需要倾诉，但是，面对自己的爱人——要牵手一生的妻子，他毫不犹豫地用双手轻揽着她的肩，说："都是我的错，宝贝，没事，没事……"

信任窗户

战国时期秦国"商鞅立木"的故事，讲的是："商鞅变法"颁布前，商鞅在都城市场南门前竖了一根三丈高的木头，声言能把木头搬到北门的人可得十金。百姓看后没有人敢去搬木头。于是，商鞅又说，"能搬动木头的赏五十金"。不久，有一个人做到了，并当即领到了五十金。于是，变法最终获得成功。

众多史学家对"商鞅变法"成功的关键和它的意义的点评基本一致，即商鞅代表执政法令颁布方，树立了"言必信、行必果"的良好

商城集团党委班子赴望道故居寻访初心印记 方珉 摄

形象，从而充分赢得了百姓的信任，为秦国日后的强盛和统一列国奠定了坚实的基础。

如上所述，赢得信任的重要性可见一斑。其实，"信任"在我们的人际交往中也一样重要。无论是有一些值得信任的亲朋好友，还是家庭生活美满幸福，一定都令人心情愉悦、笑口常开；在单位，上下级或同事之间互相信任，不仅营造了积极向上的工作氛围，工作效率不断提高也是顺理成章。

既然赢得信任或者说互相信任的关系如此重要，那么，怎样才能得到更多的互相信任的关系呢？

让我们借鉴开头的故事来说明，假设商鞅是通过开启一扇"信任窗户"让百姓看到了"信任的天空"，那么，这扇"窗户"无疑是"商鞅立木"。为此，我们不妨以开设"信任窗户"为一种途径。

举个例子。关于合作伙伴关系的建立，有多重渠道的"信任窗户"可以开设，守约守时应该是不二之选。这一点，义乌商人深有体会，即和客户建立长远的合作关系，价格并不是唯一的条件。一位小商品市场经营户就曾在他二十多年前入驻市场时接到的第一笔生意中学到了这个道理：他兴高采烈地接下一大笔外贸订单，价格、交货时间和地点以及货到付款时间都已在签订的合同上清楚注明。然而，"天有不测风云"，在生产的过程中有一种原材料不能按时供给，导致延误了几天的交货时间，结果，外商因此取消了这笔生意，以后也再没有找这位经营户合作。究其原因是经营户的失约导致"信任窗户"紧闭。

再如，在家庭生活中，夫妻间、父母与孩子之间也需要开设"信任窗户"。也许有人会认为：家庭的建立本来基于爱和信任，哪里还需要再开设"信任窗户"呢？让我们想象一下：你是一个学生，拼命攒钱买了一个礼物送给父亲，你想要给他一个惊喜。终于，你把礼物送给他，他看着礼物却说："这是便宜货，对吗？"下次，你看见那个礼物时，它已被丢在垃圾桶里了。从此以后，作为孩子是否会因此对人生该"珍惜"什么而产生怀疑了呢？相反，如果父亲能有意识地开一扇"信任窗户"——不管自己是怎样的性格脾气,面对自己的孩子,做一点忍耐,借机说几句可以表达父子情深的话,该有多好。

信任和美好就像是窗户和阳光,当我们开设许多的"信任窗户"之时,生活将会变得明媚而美好。

合宜的话

一个痛哭流涕的孩子，因为你讲的一个幽默故事而破涕为笑；一位愁眉不展的壮年人，因为你的几句亲切话语而愁云尽消；一位失去亲人灰心丧气的耄耋老人，因为你的促膝相谈而重拾信心……那么，这对于你和那位得到帮助的人来说都是一件十分美好的事情。

通过语言传达就能起到如此令人感动的效果，正是因为人们说了"合宜的话"。

古人打仗讲究谋略，战国时的《孙膑兵法·月战》有云："天时、地利、人和，三者不得，虽胜有殃。"以上"三者"合理结合运用到话语表达中，这就是说"合宜的话"了。

下面我们以从事义务教育的老师、家长和领导者这三类不同"职责"的人为例子做分析。

毋庸置疑，学校的老师担任着"传道、授业、解惑"的师者角色，对自己的学生说一些能使他们有一颗"受教"之心，乐于学习、勇于学习，那该是对儿童和青少年最"合宜的话"了。学生的成长过程各不相同，性格脾气更是千差万别，作为老师，抓住各个年龄段学生的特点，采取鼓励和鞭策共勉的教学方法屡试不爽。说"合宜的话"，造就了许多优秀的教师。

作为家长——孩子的父母，说"合宜的话"，对孩子健康成长也是至关重要的。身边经常有些父母会说："我不敢对孩子说重话，他们万一生气而离家出走了怎么办？"也有人说："儿孙自有儿孙福，我都不去管孩子，顺其自然发展吧。"针对第一个父母所说的，我认为不妥。"可怜天下父母心"，可以说天下很少有人不疼爱自己的孩子，然而，不是每个父母都明白抚育孩子所肩负的重大责任。如果孩子步入不同的年龄，父母没有及时给予"合宜"的教育，比如说家长应有的"威严"角色因为你不作为而没有树立起来，成长中的孩子可能因此而缺失了该有的伦理道德观念，那么，恐怕孩子以后到社会上会遇到更多的问题，到那时，做父母的想再进行教育就更难了。何况，孩子终归是你的孩子，即便当时生气离家出走，但他们一定会回来的。我认为第二个父母所说的话也犯了类似错误，自己的孩子不去管，尤其是青春期或发育的关键期，不对孩子说些"合宜的话"，让他们体会不到家的温暖和爱，这和自己当年满怀期盼十月怀胎并养育孩子的初心已经相距多么远了啊！

  作为某个团体的领导者，在本单位和上级单位之间，既起到承上启下的作用，又起到榜样带头的作用。无论是以营利为目的的企业，还是以服务为主的事业单位或团体，作为一名领导者，对下属说的话以凝心聚力、鼓舞士气为主旨，肯定是"合宜的话"了。

  看来，说"合宜的话"不仅很重要，而且还是一门学问，值得我们探讨研究。

我爱你,母亲

岁末年初,我 90 岁的母亲永远离开了我们。那晚,躺在医院急救病床上的母亲永远合上了眼。任凭我们的眼泪怎样流淌,任凭我怎样紧抱着她,任凭自己内心怎样声嘶力竭地呼喊"母亲,我舍不得你走",那一刻,母亲留给我们的只是平和安详的遗容。

那份安详,着实给我们兄妹不小的安慰。母亲似乎借此告诉我们:孩子们,母亲很满意这趟人生旅程。母亲又似乎安慰我:芳,勿要悲伤,我爱你。

我也爱我的母亲。她给了我生命,她是我的慈母。40 多年前,母亲怀着对她第八个孩子的期盼,在 46 岁高龄时生下了我。我幼年时,父亲就曾告诉我母亲生我时的不易。当时因是早产,生产预兆突然,母亲身边恰巧没人,情急之下,她用那双温柔的手亲自把我接生到这个世界上。母亲不仅用那双温柔的手,怀抱着我、哺育了襁褓中的我,她还用那颗温柔的心时时抚慰我的心灵。如今,我早已深深地体会到母亲给予了我无尽的慈爱。

而以往,我对母亲其实有过很深的误解。

父亲曾在我们兄妹面前多次夸奖母亲是"了不起的女人",还说若不是不得已要养育八个子女而当家庭主妇,她肯定是能做一番大事业的巾帼英豪。父亲的称赞从一定程度上是出于对母亲治家有方以及辅佐父亲教育事业有功感而发的。

我却认为母亲"心里只有别人,却不把我这个女儿放在眼里"。那还是在我六七岁时的一个除夕夜,我和姐姐正在房间里试穿新年的新衣服,心里别提有多兴奋。母亲却突然走进来,拉着我的手,神情严肃地说:"芳,你六姨和你表姐刚到了我们家,说是家里没有米过年,你表姐穿着一身破旧衣服。妈妈觉得她太可怜了,她和你年龄相当,你的衣服多,你把这件新衣服先让给表姐。妈妈明天重新给你缝制一件更漂亮的新衣。"我听后大哭,说什么也不愿脱下新衣服。这时父亲过来说:"已经给了钱和一些米面及猪肉,差不多了,新衣服就算了。"母亲说:"她爸,别说是亲姐妹,就是素不相识的人,人家上门有求于我们,哪有不帮之理?如果不让她们满意地回去,我也过不好这个年。"后来,比我大六岁的姐姐愿意脱下新衣服。那新衣服穿在表姐身上确实显大,表姐却欢天喜地地穿走了。

而那以后,我对母亲心生埋怨。尤其在中学期间,行事为人都故意和她对着干。有一次和她顶嘴时甚

我和我的母亲

至还说出"你这么不在乎我,为什么还要生下我"的无礼的话。那时,肯定是大大伤了母亲的心。

也许是因为母亲从未斥责过我的叛逆顶嘴,到我长大成人之后,我和母亲的关系日益亲密。直到自己为人妇为人母之后,我完全冰释前嫌,体会到了母爱的无私,更是感怀自己有这样一位良母。

母亲的老年生活得到兄姐们无微不至地照顾,倒是我这个安家在外地的老幺,鲜有时间促膝相伴在母亲身边,难免心生愧疚之感。母亲离世之际,我多想紧抱母亲再一诉衷肠。

在隔天举行的追悼会现场,出现了许多我们之前并没有通知到的人敬献的花圈,参加送葬的人也是出乎意料得多。有村里长者告知我们,他们是来自邻村镇的代表和自发参加的老年协会的诸多成员。是母亲生前与人为善的品格影响力吸引他们前来相送。母亲贤德的名声留给子女们一份极其宝贵的财产。

我为自己有这样一位母亲感到自豪。

我爱你,我的母亲!

假如羊不为"羊"

众所周知，大凡"羊"的生活都是简单而随意的，一生无忧无虑。无论是吃饭或睡觉都有牧人为他安排妥当。或交友，或谈情说爱，或高歌一曲或闭目养神，只要是在牧人安排的范围内，羊们无不可以随心所欲而为之。大部分"羊"似乎都清楚，自己不能靠着担忧使自己的羊毛长长一寸，所以，世世代代的"羊"基本上都悠闲自在地跟着牧人过一辈子。

然而，总有个别羊，跟着牧人来到溪水边，吃饱后躺卧在青草地上，舒展身体，目视前方，突然对远处从没去过的山坳感兴趣，于是，立志去闯一闯。当有一天终于如愿以偿独自偷偷走出牧羊人的视线时，才体会到自己一旦离开主人，生存倍感艰难。

也有的"羊"决定不再做羊，而是做一头猪，可以尽情享用主人为他们准备的美食。于是离开羊群，混入猪群。不料发现，猪的生活习惯让他无法忍受。尤其是，所有的猪天生都偏爱脏污的泥潭，每每看到有泥泞的水坑就会无比兴奋，不顾一切地上前打滚，弄得全身沾满了污泥才满意地发出"哼哼"声。"羊"不由得感慨：世事难料。

还有的"羊"决定过过人类的生活，却发现在那儿根本没有自己的立足之地。最终被嘲笑他的人认为他是一只疯羊，从而快速被了结了生命。临终前只能大叹一声："不甘心生命如此短暂！"

假如，羊不为羊，其结局总是不容乐观。

看望母亲

学校放暑假的第一天上午，我们一家三口驱车到永康，看望老母亲。

母亲共哺育了八个子女，父亲在15年前离开了她。哥哥姐姐们非常孝顺母亲，母亲有时住在永康，由四个儿子一个女儿照顾，我和在安吉的大哥定时去看望；有时被已退休的大哥接去，住在安吉；当医生的二哥还当起她的专职护理医生。如果不是去年不慎摔了三次，母亲的身体一直很好，看上去顶多五十几岁。可现在，大部分时间只能躺在床上，晚上还要用纸尿片。上星期，姐姐打电话告诉我，在重庆的四哥和大哥说，他常年在外，很少照顾母亲，这次已安排出了三个月时间就为回永康照看母亲。这几天，母亲已从安吉被接到永康老家了。

一个半小时后，我们就来到了母亲家。躺在床上的母亲一看到我们，就使着劲起身要坐起来。我正要阻止她的行动，四哥却在一旁说："哦，妈妈，真不错，你试着坐起来，很好！"见此状我马上闭了口，来到母亲旁，搀扶着她往床边移，四哥移了移她的脚，我丈夫递过来拐杖椅，于是，母亲拄着拐杖椅站起来挪动了几步，坐到了椅子上。刚坐下，还有些气喘吁吁的母亲迫不及待地拉过外孙的手说："多多真是好孩子，又来看外婆了。"我知道老人特别喜爱孩子，就吩咐儿子，无论玩、做作业、吃饭都在外婆身边，不可太久时间离开外婆的视线。

母亲时而坐坐，时而躺躺，时而吃东西，时而和我们说说话，精神状态好极了。

不知不觉已是下午五点多，我靠近母亲，说："妈，我们该回义乌了。"母亲也许没听见，拿着碗吃着四哥为她切成小块的西瓜。我把嘴贴近母亲的耳根，说："妈，我们要回义乌了！"母亲听见了我说的话，快速放下碗，把头转向我说："怎么可以这么慌就回去呢？再玩一下，宿一夜，明天再回去！"我再次靠近她的耳根，说："妈，多多明天要拿成绩单，早上八点就要到校的。"母亲把头转向女婿，说："健，你给老师打个电话，就说迟点去拿成绩单！"因为家里还有一些事，我们还是决定回去，说："妈，过两个星期，我们又会来的。"母亲见我们去意已定，答道："哦，那你们过两天就要来。"四哥说母亲这段时间就是这样，恨不得子女儿孙天天和她在一起。

母亲真是老了、变了，跟以前不一样了。从前的母亲，乐于助人，总是那么忙碌、乐观而富有主见，从来没有空闲，从前的母亲总是考虑子女们有工作、有事业而叮嘱我们要注意休息。我不禁想道：是否我也该变一变了，作为女儿，每一个月看望一次母亲的计划该改一改了；也许，公司给我一年15天的年休假每年都用于旅游的计划也该变一变了。是母亲一把屎一把尿把我养大。年轻时的母亲也有她的工作、她的事业，但这并不影响她对子女的爱；年轻时的母亲，虽然很忙碌，作为娘家的大女儿，一年总有几个月时间把我的外公外婆接到自己的家照顾，记得外婆特别喜欢吃螺蛳，每一次，母亲都亲手用一根针为外婆取螺蛳肉喂给外婆吃。毋庸置疑，我们有责任把父母亲这一代的爱延续下去，并且传承给下一代。

话语情境的作用

话语，是人类较之地球上形形色色的生物、动物所具有的独一无二的语言能力，是人类社会必不可少的交流方式。众所周知，制造不同的话语情境，产生的结果会截然不同。

在我们的现实生活中，言语交流带给我们诸多的幸福、快乐。比如，新婚宴尔的夫妇，他们的话语充满了热情、浪漫、火热、亲密和新鲜，让他们感觉到自己是世界上最幸福的人，因而享受着美丽的人生。再比如，虽古语有云"儿行千里母担忧"，可喜的是，如今的"游子"可以借助便捷的通讯工具，及时给父母报送平安话语，让父母放心，给家庭带来祥和的气氛。

教育孩子是必不可少的。成长中的孩子需要父母的悉心教导，让他们知道哪些事可以做，哪些事是绝对不能做的。教育中，如何把握话语情境值得我们深思。作为孩子，会做一些我们认为"出格"的事，或抄同学作业，或某次考试不及格，或不慎摔碎碗盆等等，也许有的家长会因此破口大骂甚至动手体罚，表现得声嘶力竭，好像孩子犯下了不可饶恕的罪。其实，仔细想想，等时间过了五年、十年，没有人会在意或记得哪天摔碎了碗、哪次考试不及格……反而是白白伤了自己和孩子的心。相反的，如果我们多发现孩子们的优点，说些鼓励的话，那么，对促进孩子身心健康都会起到很好的作用。鼓励的话语会伴随着孩子的一生。世界首富比尔·盖茨，在他就读哈佛大学二年级的时候，曾寄给他妈妈一张问候卡，上面的内容是这样的："我爱您，妈妈，您从来都不说我比别的孩子差；您总是在我干的事情中，不断寻找值得赞许的地方。我怀念和你在一起的所有时光！"鼓励的重要性由此可见一斑。

几年前，英国科学家做过实验，即给10株番茄植株听不同话语情景的录音。实验发现，"听"悦耳女声录音的番茄植株比"听"消极语言的男声录音的番茄植株平均高2.5厘米，后者的长势有的甚至不如没听录音的对照组的高。

植物的生长尚且如此受话语情境的影响，可想而知，话语情境对我们的工作、生活会起到多么重要的作用啊！

"蜜月"之旅

2015年7月底,丈夫带上我和孩子跟团到希腊、西班牙等国旅行。对我而言,这次欧洲之行虽不算蜜月旅游,却胜似蜜月之旅。

在记忆中,蜜月之旅确如一个饥渴者吃到了蜂房上滴下的蜜——甜蜜无比。那是十几年前的事了,新婚宴尔的我们手拉手来到了昆明。虽然他既不会用甜言蜜语哄我开心,更不会如爱琴海边情侣那样在大庭广众之下大胆示爱,可是,丈夫在睡梦中给出的一个拥抱和不经意间说了句"洁,我终于娶到你了"的话语,让我感觉自己俨然是世界上最幸福的女人,使得整个行程快乐而甜蜜,完全忽略了车马劳顿。两个人快乐地享受着旅途,忘记计算一路的旅游用度。

这次的三人之行,因为有丈夫和孩子的陪伴,我自然而然地就享受到了双份的甜蜜与幸福,

度蜜月的游客

可谓"不是蜜月胜似蜜月"。

　　蜜月之旅也是交友之旅。每每翻开昆明蜜月旅游的照片，我的幸福指数总是达到顶点。且不说秀丽的风景下衬托出一张张灿烂的笑脸令人动容，更有当年团友中的几位已经成了如今互相信任的好友，这怎能不令人感到庆幸和愉快？

　　同样，这次的旅行也让人大开眼界，团友来自各行各业，有教授，有工程师，有学生，有拍卖行老板，甚至还有卜算先生；有陪伴孩子的母亲，也有新婚夫妇。旅途中，热闹的气氛可想而知，在风景点大家尽情享受美景；在沙滩边游泳区域，青壮年自告奋勇地一对一照顾孩童；在旅游车上，你一句他一言，欢快的笑声此起彼伏。当然，也有团友因为出国前答应为朋友带西班牙箱包，却因这次旅游团安排购物时间有限而完不成购物意愿，于是向导游大发怨言，甚至出言不逊。这时，大家总能合力缓和气氛，最终择中解决问题。通过这次旅游，我们都交到了朋友并加了对方的微信以便日后联系，真可谓收获多多！

　　蜜月之旅也可以说是感恩之旅。我们的这次旅游也不例外，我和丈夫，还有十多岁的孩子，大家都买了多种当地的特产，回国后当作礼品赠送双方父母及亲朋好友，借此感谢他们对自己的关爱。

　　此次"蜜月"之旅令人难忘。有人说，人生其实就是一次长途旅行。那么，让我们拥有"既来之则安之"的坦然心态，享受这人生的"蜜月"之旅，可好？

爱琴海边上的情侣

我的阿爸

我的阿爸离开我快二十年了,我很想念他。我十分怀念和阿爸相处的点点滴滴,尤其有两件事令我至今记忆犹新。

第一件事发生在我大概5岁时。有一天,我无意中发现阿妈的床底下放着厚厚的一沓全是十元面额的人民币,心想这么多钱,我拿一张买糖吃,阿妈肯定发现不了。于是,抽了一张,赶紧放到口袋里。趁阿爸阿妈都不在的时候到街上买上一把一分钱一支的棒棒糖,就这样战战兢兢地吃了许多天。

一天下午,阿妈提着整整一篮我爱吃的棒棒糖把我叫到身边说:"兰兰,你阿爸说你喜欢吃棒棒糖,你看,这么多随你吃,高兴吧?"原来阿爸早就知道我取钱买糖的事,是他让阿妈买棒棒糖的。当时,因为想吃棒棒糖而偷钱,现在,家里有了够多的棒棒糖后,我再也想不到哪儿还需要用钱了。我很感激阿爸给我留面子不揭穿我的偷窃行为,暗暗发誓再也不干这种事了。为了表示自己的决心,我把买糖剩的钱交给了阿爸。看着我难为情的表情,阿爸一把抱起我,亲了亲我说:"我的宝贝兰兰,好样的。我们把这些钱存到兰兰的储钱罐里……"

后来,那个储钱罐虽然因家里的一次意外火灾而永远失去了,但阿爸对我充满爱的教育却让我终生难忘。

还有一次,事情发生在我工作后。我失恋了,我的初恋已有个把月没有给我写信。那时,我的阿爸生病卧床在家。看着郁郁寡欢的我,阿爸把我叫到身边说："兰兰，遇到什么烦心事不能和你的阿爸说呢？""阿爸，没事，你养你的病就是了。"我不想让他为我的事忧心。阿爸说："是小唐长久没来信了吧？你可以去找他呀！"阿爸其实早看出来了。"阿爸，那怎么行，哪有女孩子去找男孩的，这太主动，没面子。"我很惊讶阿爸的建议，但又觉得不妥。阿爸拉着我的手郑重地说："总比你坐在家里盲目地干着急强！"说着，阿爸索性坐起来，又说："阿兰，自尊、自爱并不代表要坐井观天、守株待兔。何况，你现在还不知道小唐那边到底出什么事呢。你去看看小唐吧！""阿爸，如果小唐另有所爱，我该怎么办？"我无助地问道。阿爸微笑着注视着我说："那我真替小唐可惜了，以后，他肯定会为错过我家与众不同的、美丽的兰兰姑娘而后悔的。当然，你要祝福他们。""就这些？"已茅塞顿开的我还想再听阿爸多给些建议。"兰兰，在你去见小唐之前，我要强调的是不要轻易给出你的贞操，除非他已赢得你。"阿爸语出惊人，令我铭记在心。

有了这份无与伦比的父爱，我学会了怎样勇敢地面对困境和失意，自己也因此更懂得要好好珍惜身边的人！

清明节又快要到了，我对我阿爸的祭奠，除了感恩，还是感恩！

富有的女人

自从二十多岁步入社会起,我有了自己的一份收入,加上父母不间断地为我买一些生活用品,于是,年少的我就过上了富足而自由的生活。我喜欢用多余的钱和同龄人在空闲时游山玩水,由此,我交上了男友。

几年后,男友的一句话让我决定嫁给他。他说:"阿洁,你美丽大方,花钱也大方,如果你嫁给我,你还会成为一位富贵的女人。"后来,婚后的我果然过上了富有而快乐的生活,相夫教子,一家人其乐融融,十几个春秋飞速而过。

今年春节,因为我90岁老母亲的身体状况欠佳,我们取消了持续多年的春节国外旅游。大年初二,丈夫带着我和孩子驱车回我的老家看望母亲。

刚到家门口,就从二楼传来哥哥们熟悉的声音。一走进房间,见我六个哥哥和我唯一的姐姐早已围着母亲坐着,母亲则斜躺在床上,气色不错。丈夫走到母亲的床前,毕恭毕敬地喊道:"妈妈!我们来看您了!"母亲见状,高兴地点点头,并示意我们坐下。姐说:"洁,刚才都在说父母亲年轻时候的事,一起来听听。"

四哥回忆说:"小妹,你不知道,你还没出生时,我们家里有五个居民户口的口粮,我们四兄弟和父亲又基本在工作单位吃饭,可是家里的粮食月月没有结余,父亲很纳闷。直到有一天,父亲回家时在门口遇见一个衣衫褴褛的中年男子，手里提着一大篮黄梨，向父亲打听这个家的女主人。父亲问他有什么事，他说他是个讨饭的，每天走街串巷地讨饭，只要哪一天讨不到饭，就走到这一家。无论什么时候到这儿，女主人肯定会给他几升米或者两碗饭，就这样过了若干年。他还说从今天开始不讨饭了，这一篮黄梨是表达对女主人的感激之情。男子说完就走了。这件事真相大白后，对于家里鸡蛋少了是因为母亲拿去接济哪家孤寡老人，钱少了是因为母亲拿去帮助穷困学子交学费，等等，父亲总是心知肚明地支持着母亲。"

一直和母亲住一起的大哥说："母亲的乐善好施虽然不求回报，但是自从母亲生病以来的这一年多时间里，亲朋好友探望络绎不绝，更有非亲非故的长者几次送一大笔钱硬是让我们收下，嘴里还说麻烦我们做子女的帮忙照顾他的恩人！这其实是母亲帮助过的人所行的报答之举呢。"大嫂也说："是呀，妈妈真是有福之人，就在去年她开刀住院期间，有好几个八九十岁的老婆婆到医院轮流陪妈妈，给妈妈的精神鼓励是不可估量的。""是的，我和爸爸到医院看外婆时，一个坐在外婆身边的阿婆还送给我很多吃的。"在热聊中，十多岁的儿子也见机发言。

如今，母亲耳聋很严重，只靠一边仅存的微弱听力，但我们知道她在听着大家的谈话，她时而微笑地点头赞同，时而专注地听，时而又闭目养神。母亲的精神大不如从前了，发声困难，生活起居都需要身边人帮忙。可是，如今的母亲却是我们八个子女的宝贝，我们都很爱她，正如父亲临终时嘱咐我们的：要敬重和孝顺你们的母亲。

毋庸置疑，母亲是一个名副其实的富有的女人，母亲的富有不仅表现在她和父亲共同创造的丰厚家产，更因为母亲拥有满怀的怜悯之心和所走过的智慧人生路，这样的"爱心和智慧"，正是我该视之胜似无数黄金珠宝的传家宝！

值此三八妇女节之际，谨以此文献给我富有"爱心和智慧"的母亲！

愿天下女人都做富有的女人！

难忘的年夜饭

按公婆家多年的习惯，过春节，由做子女的轮流准备年夜饭。今年，轮到我家了。丈夫说："恰逢乔迁新居之际，请父母兄弟在新房子吃年夜饭可是喜上加喜了。"

吃年夜饭不仅是家人相聚的好时机，也是过年的重头戏。记得小时候，每年春节，母亲就安排杀一头猪、宰一只羊，我们兄妹八人分工明确，各司其职。准备工作直到年三十，在父母的带动下，兄弟姐妹们更是一鼓作气——你挑水、我烤麦饼、他烧菜……共同备好了一大桌菜。

开始吃年夜饭了，父亲在我们每人前面放上一沓永康人吃年夜饭必不可少的小麦饼。说起童年时的年夜饭，我最喜欢吃的就是小麦饼了。取一张小麦饼，平摊在桌上，沿着圆饼的直径放上白切肉、粉丝、黄花菜等热菜，卷起来成两头尖的柱状。吃上一口，那可是既有嚼劲十足的麦饼香，又有各种美味的菜香。这一餐吃得差不多后，我们喝点茶水稍作休息。随后，大家又围坐在一张小桌子旁动手包粽子。大家边包粽子，边自告奋勇地讲一些上班或拜师学艺过程中的趣事。不知不觉，一大箩筐的粽子就在欢声笑语中包好了。于是，父母忙着去厨房煮粽子。我们八个兄弟姐妹则在小桌子旁嬉闹、游戏。我们家最会讲故事、说笑话的高手——四哥，一会儿声情并茂地演讲，一会儿给我们出一些谜语竞猜，大家你一言我一语地起哄，热烈的气氛远远胜过现在过年看春晚。

那些年的除夕夜，我们总是意犹未尽，兴奋难眠，为了第二天能穿新衣服、新裤子，还为第二天醒来时枕头下多出的红包。

长大成人后，我有幸在义乌工作并和义乌小伙结为连理。从此，在义乌过大年成了我生活的一部分。第一年吃年夜饭的经历最难忘。公婆准备的吴店馒头夹红烧肉的义乌美食，着实令我大饱口福，吃得我满嘴流油也舍不得停下。年夜饭后，公公安排的娱乐活动是看春晚或玩纸牌。那一年，四人一起玩"争上游"的纸牌游戏很快引起我的兴趣。我不仅学了些玩牌技巧，也体会到通过打牌和交流可增进婆媳之间、妯娌之间的感情。过年，热闹而喜乐。多年后，因考虑公婆年纪大了，准备年夜饭的事就由夫家的兄弟三人轮流操办。除夕之夜，玩纸牌却成了我们必备的娱乐项目并且一直延续至今。

时至今日，双喜临门的除夕夜近在咫尺，我期盼着吃年夜饭的时刻快点到来！

有你真好

20年前，我从师范专科学校毕业后当了3年高中老师。今年6月，应学生之邀，我参加了他们毕业20周年的同学会。

能参加这届学生的同学会，我是又惊又喜，喜的是两个班90多人的聚会，组织得周密有序，自编自演的节目精彩纷呈；惊的是眼前一个个朝气蓬勃的年轻人，不再是当年的少年读书郎，显而易见，成熟老练已经写在他们的脸上，贯穿于他们的言谈举止中。当年的高中生，如今已是社会的栋梁，在各行各业个个是佼佼者、领头人，甚至有一名学生已成为教育界小有名气的中学学科带头人，口碑甚好，让我这个早已改行不从教的老师汗颜不已。

庆幸的是，他们不在意当年我没有尽责任带领他们直到毕业，不在意我的社会地位，相反，他们自始至终表现出对老师的感谢之情，敬爱之心更是溢于言表。此时此刻，我由衷地赞叹：生活中，有你们真好！

无独有偶。今年中秋节前，我接到初中一同班同学的电话，希望离别30年的老同学能在中秋前夕参加在西部开发的老板——志坚同学回家乡组织的聚餐。同学们经过30年的社会历练，从当年稚气未脱的孩子到如今会是怎样了呢？电话那头浑厚的语音加上真诚谦和的邀请更是引起了我的兴趣。于是，借着假期回老家之际，我如约而至。

这次聚会，虽然是临时电话通知，但全班40多个同学基本都到场了。一到餐厅，大家都入座后，第一件事是倒上饮料首先敬志坚一杯，感谢他出钱出力给我们创造这么难得的相聚机会。当他站起来的那一刻，我才恍然大悟：原来他就是志坚呢！岁月的痕迹爬满了他的头发、他的脸，但是，那谦谦君子的神态和话语却令人难忘："谢谢大家的赏光，同学的情谊是任何事物都无法代替的，所以不言谢，同学们有机会多交流。"这时，不知道谁喊道："我们班可是藏龙卧虎，人才辈出。"于是，我不由得注意起同学们的身份：大部分是企业老板，也有公务员、医生、村干部，还有和我一样在企业的上班族等。

　　我们交谈着，互相敬酒，有说有笑，餐厅里洋溢着喜相逢的气氛。坐在我身边的一个男同学几次为我倒饮料引起了我的注意。我说："胡建同学，真是服务周到，你也要多吃点呢。"他说："晓兰，现在吃不是最主要的，吃多了会变胖，能为同学做点事倒是最开心，你有什么需要我帮忙的要告诉我这个老同学。"我记得，30年前的我和胡建，因为座位相距甚远，互相之间从未搭过话。所以，正诧异他现在的能说会道时，另一桌的一位同学走过来举着杯说："老同学们，我要敬你们一杯。首先，谢谢胡建上次给我的帮助，作为家乡的龙头企业，

同学会合影

你是年年上交过亿税收的老板……"那一刻，我体会到同学情谊的真挚与珍贵，它不在乎你的身份地位，只有同学之间的诚挚友爱。我由衷地想说："生活中，有你真好！"

  我有一位在监狱工作的朋友曾告诉我，其实世界上免费的东西往往是最好的东西，比如阳光，无论你是好人或歹人，它都一样照耀着你。在我看来，人世间的友情更是能带给人的一生数倍恩惠的情感。我该珍惜生活的每一刻，因为，有你真好！

为父之道

人们常说：有其父必有其子。可见，"父亲"在家庭中的作用不容忽视，教育子女的"为父之道"显得尤为重要。"为父之道"，看似简单的四个字，却包含了一代代为父者拥有的荣誉、责任和影响力。

今天，我们就来说说"为父之道"。

先从我父亲说起吧。我的父亲出生在地主家庭，祖上是经营火腿生意的。他有三兄弟和一个妹妹。青少年时，母亲因为生产小妹难产而亡。兄妹五人在父亲和继母的呵护下长大成人。听父亲说，那时，我爷爷在家庭中的地位最高，可以说一言九鼎。家族火腿生意也是蒸蒸日上。父亲曾多次对我说："我一生中最感激父亲的一件事，是父亲没有因为我酷爱写写画画就加以责备和阻挠，而是一味地鼓励我。后来，父母培养我们四兄弟大学毕业，都不是子承父业。"

也许是传承了我爷爷的教育之道，父亲对我们八兄妹也都是按其孩童时的喜好和性格给予了不同的引导、教养，使我们个个走当行的正道，即使到老也不会偏离。作为老幺的我，父亲对我的宠爱让我的童年如泡在蜜罐中。虽然已是十几岁的大孩子了，父亲还会背着我走路；我对上学读书没有太大兴趣，成绩平平，父亲也不以为然。一直以来，父亲从来没有对我发过脾气，或用重语气对我说话，直到我读大学的一个暑假。

那是父亲在家养病的一天，我的一个大学男同学擅自来到我家，

对我的父母说:"我是来找小芳的。"父亲把我叫去,问我是怎么回事。我答:"我并不知道他要来,我和他只是同学而已。"那位男同学又说:"伯伯,我们是好朋友,明天让我带小芳去我家玩吧,我们家山清水秀,很不错。"母亲在一旁说:"既然阿芳的同学来了,我去煮鸡蛋面。"话音刚落,父亲示意了一下母亲并说:"别准备了,你马上带这位同学到汽车站,送他上车回家。"送走同学后,父亲让我站在他的面前,怒目圆睁,径直就给了我一巴掌。没等我委屈的眼泪夺眶而出,父亲低吼说:"阿芳,我知道你是懂得自尊自爱的姑娘,可是我今天打你是因你在交男朋友这件事上做得不对!肯定是你的态度模棱两可,使对方产生了误解。今天,人都找上门来约你了,我如果随了你们的喜好让你单独出去的话,你一个姑娘家会吃亏的!"已泣不成声的我面对父亲突如其来的一巴掌一时不知所措,心里暗想:父亲老了,不再疼我了吗?为什么别人犯错,火却发到我的身上?

那件事以后,我很快就明白自己还是父亲的宠儿。随着时间的流逝,我越来越体会到父亲当时的那一巴掌是他生前赐给我的最珍贵的爱的教育。他的教育使我终身受用!

再来说说我的丈夫——孩子的父亲。他作为一家之主,为我和孩子创造了富足且美满的家庭生活,给孩子提供了良好的学习环境。面对他,孩子的眼里总是流露出一种"他是我爸爸"的那种引以为傲的神情。他是一个愿意把所有的好东西都赐给孩子的这样一位父亲。我不能不说,这位父亲正展示着一种成功的"为父之道"。

以上所说的"为父之道"是针对一般家庭而言的。那么,单亲母亲的家庭又该是怎样影响孩子,从小失去父亲的孩子是否在品格上会存在某种缺失呢?这样看来,扮演"父亲"这一角色成为单亲母亲的必修功课。孟子母亲教育孩子的故事,不失为教育中兼顾"为父之道"的成功案例。

生命的意义

孩提时，体弱多病的我成了乡镇医院的常客，长年累月地吃中草药。令人匪夷所思的是，当时的我却从心底里喜欢生病。因为，只要生病，我的爸爸就会放下手头一切工作来照顾我。年幼的我只想天天和爸爸在一起。只要和爸爸在一起，我的心情就会很愉悦，我的身体状况就会变好。

长大后，我大学毕业并工作了。工作日，我一门心思上好班，有条不紊地完成每一项工作计划；休息日，我就安心和已退休在家的爸爸朝夕相处，谈古论今，可谓无所不谈。在一所私立学校当老师期间，因为有担任过区校校长的爸爸的鼓励和言传身教，我敢闯敢为，大胆创新教学方法，加之有校长的鼎力支持，我经常得到学校的表彰奖励，事业上可以说春风得意。那时，我觉得世界上再没有比当人民教师更好的职业了。有爸爸在身边的生活真是美好又充满希望。

在我即将为人母时，我的父亲却已离世许久了。我清楚记得自己在待产病房内，是坐轮椅进产房的，丈夫推着轮椅，公婆在一旁对我说些鼓励的话，孩子的姑姑拉着我的手安慰我，丈夫一家人送我直到产房门口。

一出产房，丈夫还没来得及从护士手里接过推车就对着我大声称赞道："我们家伟大的母亲凯旋了！"引得旁人发出阵阵祝贺声……丈夫的爱怜之情尽在话语中，令我感动。随后，夫家人陪我度过了在

医院的每一天。整个孕产期间，丈夫及身边人的呵护让我感到父亲似乎始终在我身边，微笑着注视着我。所以，在我步入婚姻家庭生活后，也体会到了人生的千万种幸福，令自己对生活满怀期盼。

后来，改行到企业上班的我依旧一门心思地上好班，恪尽职守；回到家即与家人安然相聚，体验着相夫教子的生活。

时间在不知不觉中流逝，自为人母后至今，又过了十多年。在一次搬家劳动中，我病倒了，感觉忽冷忽热，全身无力，一早就瘫软在床上。约到傍晚时分，我听到卧室外孩子和丈夫开门进房间的声音。随后，孩子跑过来了，亲了亲我的脸颊，说："妈妈，好点了吗？"我依旧感觉没有力气，也不想多说话，于是，还是紧闭着眼不耐烦地说："孩子，妈妈很困，别打搅我。"之后，我甚至没有听清丈夫说了哪些安慰的话。过不多久，孩子又走过来说："妈妈，这是有利于退烧的茶水，你喝点。"我睁眼一看，是用菊米、大麦茶泡的水，就挣扎着起身喝了一口。茶水温温的、甜甜的，很好喝。又喝了几口后，我甚至感觉有力气了，就微笑着对孩子说："谢谢好儿子。"孩子说："你躺着，我去去就来。"过了一会儿，他拿着一块热毛巾，轻轻地擦抚我的脸，令我顿感神清气爽。那一刻，有一种错觉，仿佛那只拿毛巾擦我脸的手不是孩子的手，而是父亲的手轻抚着我的脸、安慰着我。就这样，我被感动得无以言表，泪水却怎么也止不住了。更令人吃惊的是，这之后，我的身体迅速康复，第二天一早，便精神抖擞地回到了工作岗位。

确实，是人间真情，是那份"爱"赋予了我生命的意义！

放轻松

　　时下，人们似乎很懂得如何获得健康。最常见的方法是避免"怎样"，比如避免暴饮暴食、避免不运动等，却鲜有人关注由于压力或人格特质引起的心脏疾病，它同样影响着我们的健康。

　　早在1950年，两位非常著名的美国心脏科医生，他们是Fredman和Rosenman，首次发表了心脏疾病来源的研究学说，称受压力和人格特征影响的人为"A型人格"，这样的人容易患心脏病。时至1974年，他们就此发现共同出版了一本名为《A型人格和你的心脏》的书，现在，这本书已成为此领域的教科书。他们的观察和临床实践证明心脏病人和饮食无关，却和他们的个性或人格特质有关。经过许多问卷调查、临床实践和他们的独立思考研究，还发现，这些病人基本上是从事高度竞争的工作，他们的动力源自竞争力。那么，具体哪些人是"A型人格"呢？答案是：忙碌的总裁、企业家、心理医生、公务员等，这些人承受着沉重的心理压力，一根弦总是绷得紧紧的，压力积压不言而喻。

　　以上医学专家们的研究告诉我们一个道理：健康生活，需要你懂得"放轻松"。

　　当然，不是任何情况下都要放轻松。人体"紧张"最通常的表现是血压升高和肾上腺素上升，然而，它们的存在，有时是可以帮助应付"状态"的。在古代的时候，当你走在旷野，处在特殊且危险的状况，

例如，看见一头狮子冲向你，这时的你绝对不会"放轻松"，而是本能地释放肾上腺素，勇往直前与狮子搏斗。否则，会是吃饱的狮子在树下"放轻松"。这是冷幽默。

让我们从现实中生理机能的"肾上腺素"的作用来分析"放轻松"的重要性。从一篇纪实报道中得知，一位母亲拥有多么惊人的爆发力——她举起一辆比她重上百倍的车，救出被压在车下的孩子。在危急时刻，这位母亲使出了平时根本就不可能有的力量，救出了孩子，这不得不说要归功于"肾上腺素"的功能。不过，它仅适合运用在纯属偶然出现的状况中。如果频繁运用它，就会危及身体的健康。正如医生说的，频繁的肾上腺素上升就等于人患了高血压疾病，而高血压会影响人的心脏健康。

是啊，一个人怎么可以长期处在如肾上腺素上升一样的紧张的状态下呢？由此可见，"放轻松"的心态尤为重要。

日常生活中，人们似乎不容易"放轻松"。是什么原因使我们很容易紧张呢？当今社会，人们的生活条件好了，大多数人都拥有自己的汽车。照理说有了汽车，工作效率随之提高，人人可以以"悠闲"的心情来开车。事实上恰恰相反，驾驶者们，好像都给自己定了一系列"行驶标准"：或者必须在红灯前越过马路；或者要"见机行事"，即在没有摄像监控时就随己意行驶，看到有监控的十字路口，才不得不遵守规则；更有甚者，某辆车超过自己，就立定心意非加速超过他不可等等，在行车的过程中，似乎从来没有"放松"过。尤其是行驶在早晚高峰期的义乌小商品市场附近的各红绿灯路口，驾驶者们时时提醒自己，最好动作快点，如果你的动作不够快，你后面的人就会变红脸。不用一秒钟，就可以听见急促的喇叭声。紧张的情绪也蔓延在我们的工作中，总有人说，假如我动作慢了，我就得不到成功，我要不择手段地达到"第一名"等等一系列要永远领先的观念。

追求进步，向往完美是人类社会进步的不竭动力之一，我们不能忽略它，更不能贬低它。但是，我们也需要适时地"放轻松"，因为轻松的心态可以调节我们身体的免疫系统，使我们更健康。

显然，我们该学习如何"放轻松"。有人说听古典音乐可以释放压力，有人说"冥想"可以净化心灵、放松心境，有人说交"阳光"朋友可以让自己乐观……无论哪种方法，只要适合自己、能让自己的心境"放轻松"就是好方法。让自己常常拥有幸福感、安全感、获得感，这不失为人们最好的预防和治疗疾病的药方。

大陈北山村 吴贵明 摄

记忆的作用

今天,在微信朋友圈看到在上海工作了十几年的以前的一位同事发了一则消息,题目是"久违了的家乡美味——义乌烧饼"。并附有两张烧饼的图片,其下方又加了一句:人的胃是有记忆功能的。看罢,我马上点上一个赞表情。确实,也许只有用"人的胃是有记忆功能"的说法可以解释不同国家、不同民族、不同地方的人口味各不相同的原因。记得自己工作第一年的暑假到广州一远亲的企业工作了几个月,回到家后吃到第一个永康卷饼的那种满足感简直是终生难忘呢,美味、喷香,还有一种说不出的亲切感,这就是体会到了胃对美食的美好记忆吧。

或许大家都会认为人对居住地有记忆不难理解。记得自己孩提时,家里的家具是清一色的雕刻品,雕花床、雕花桌椅、雕花衣柜橱柜、雕刻马桶……颜色都以暗红色为主。后来,家里遭了火灾,所有的家具用品皆成灰烬。过不多久,父母买了房子,需要购置新家具,雕刻工艺及木材虽然没有火灾前爷爷奶奶配置的精致美观,风格却大致相同。如今,我虽有了自己的家,住宅也已搬了两次、装修了两次,却因丈夫一味喜欢现代明朗的风格,致使我每次都苦于无法满足自己对传统家具的痴迷,甚至有时我会产生按自己意愿专门装修其中一间房间的想法。这也许就是因为受居住记忆的影响。可以推测,我们的孩子长大后会喜欢趋向于现代派的装饰。

言谈举止在人的记忆中的作用也是大同小异，只要经历过或多或少就会有记忆。有人也许会为了朋友或亲人的一件事甚至一句话记恨在心，久久难以释怀，这时的记忆显得那么残酷无情；有人会对帮助过自己的人甚至是动物终生难忘，时时想念他们，这时的记忆又显得那么美好。在教育孩子的问题上，我们夫妻志同道合地以只要是对孩子有利的，美好的景物、事情就要尽可能地创造条件让其去经历为宗旨，故此，旅游成了我们家庭的常态，形成一星期一小游，长假一大游，春节国外游的惯例；让儿子积极参与几种特长比赛等成了我们鼓励孩子的一种措施，所以，演讲、电脑制作、写作成了孩子获奖拿奖品的习惯。上个月，孩子告诉我，他们学校组织了全校师生观看《雷锋》的影片，我问他看了之后有没有以实际行动去帮助身边的人。孩子回答，在开运动会时，他没有跑步项目却帮助运动员送水拿衣服。我听说后当即拿奖品奖励他。可怜天下父母心，我这样做，是希望他对做好事有兴趣，在脑海里有一种更深的记忆——身边人有需要帮助时能够自然而然、不假思索地伸出援助之手。我想，做一个助人为乐的人，他的人生必定精彩无限。

谢谢您，父亲

　　清明节快到了，我异常思念离开我们已有 20 多年的父亲。
　　我在家排行第八，作为家里的老幺，毫无悬念地成了父亲的掌上明珠。记忆中，几乎没有父亲打我或骂我的场景，倒是记得由于自己倔强的个性，常常和母亲斗嘴，但每次总是以父亲责怪母亲收场。也许受一家之主宠爱之故，我的 6 个哥哥也非常疼我，总是带上我一起去游泳、打鸟、旅游。我的童年满载着父亲和哥哥们的爱。
　　在我小学三年级时，父亲退休了。父亲书法绘画水平较高，在家乡小有名气，退休后他似乎更忙碌了，画画、写字、会友，还经常接待上门请教书画技艺的家长、学生。那时，我还是一如既往地依恋着父亲，放学回家第一件事就是找父亲。父亲每次都是会用惊喜的口气说："阿芳回家啦！"然后不管是手拿画笔也好，身边有客人或学生也好，都会暂停手头的事抱我坐在他的膝盖上。我把脸靠在父亲的脸上，感受着无比的平安喜乐。
　　父亲是我的一切，我从没有想过有一天他会离开我。我读高中时，父亲病了，每天吃哥哥给他买的黑蚂蚁、中药、西药，当中医师的二哥定期给他针灸。住校的我每个星期六回家都要依偎到父亲身边，向他诉苦、抱怨学校的事情。卧床养病的父亲总是耐心地帮我解答每一个不满，唯一强调的是，读书虽然要认真，但不要劳累过度，身体健康更重要。在父亲眼中，我有无数个优点，是他优秀而独特的女儿。

所以，每次回家，我虽然是带着烦恼来到父亲身边，但总是满怀希望地回到学校。就这样，父亲的慈爱陪伴我走过读书时代，直到大学毕业，和他一样当了老师。

我工作时，父亲的病更严重了。我没有时时陪伴着他，远在他乡艰难地适应着教师的生活。但我更加依恋父亲，只要有机会碰面，父女俩就无话不谈。可以说，父亲的话语是我的精神食粮和工作的动力源泉。后来，发生了一件令我懊悔的事，我被一个和父亲一样关心我生活的年轻人追求并被他吸引。此事却遭到母亲和哥哥姐姐们的反对，理由是"外地人不合适"。热恋中的我只顾自己谈情说爱，也没回家看望父亲。有一次，父亲在母亲的陪同下拄着拐杖坐车到我的住所。怕父母阻挠我谈恋爱，我远远地看着，故意避开不见。现在想想，那一次，我要是依偎在他的膝盖上，尽情诉说我的感受，该有多好！何况，父亲一定会理解我的，父亲一定会祝福我的！

父亲离开我们的那一天，他不顾我们的悲痛欲绝，微笑着看着我，似乎在说："阿芳，生活很美好，要好好珍惜。爱你的母亲、爱你的家人、爱你身边的人。"

二十多年过去了，父亲的爱传递给了我，让我也知道该如何去爱我的孩子、我的家庭。有了这份爱，一切都会变得很美好。

今天，在此纪念父亲的日子里，我要高声说："谢谢您，我的父亲，我也爱您！"

感恩的机会

作为新义乌人——我和义乌的山山水水朝夕相处近20年,有幸在中国义乌小商品城工作,从一名业务员成长为党员干部。这都源于义乌人的朴实、善良吸引我在此扎根。

师范专科学校毕业后,机缘巧合下我来到了义乌,成为一名中学语文老师,并取得了小小成绩。在一次中学语文基础知识竞赛中,我的三名学生胜出,参加颁奖活动时,我认识了小商品市场的一位管理者。在这位管理者的推荐下,我来到小商品城一家服务公司上班。

在市场部上班,接触的是经营户、企业老板及公司的同人,这里的生活和学校截然不同。在这里,涉及合同的事要"亲兄弟明算账",和下属交往要恩威并施,和领导交流要柔和谦逊。但是,在这里,同事、领导的团结友爱、一团和气的氛围深深地吸引了我。有一次,在公司组织的春游中,部门经理对我说:"小胡,你的工作业绩不错,有上升机会的话,别错过。"我可是"独在异乡为异客"呀,能够得到这样的指点和帮助,对我来说真是莫大的精神鼓舞。从此我就更有信心地、倍加努力地完成每一项工作任务。可是,"常在河边走,哪有不湿鞋"。有一次,我的一位外地客户违约不付广告款,公司有制度规定,如果我收不来这几万元(相当于我一年的工资),只有自己赔。"你去当地找到本企业主""你去当地工商局查实一下情况,再请求他们帮助""你可以上法院起诉该公司"……这时,公司同事和领导都纷纷给我出主意，危难时刻他们伸出了友爱之手，使我能冷静而有效地解决了问题。在我初为人母的三个月里，我的同事们主动地帮我签订了那几个月到期的合同并收了款，让我能顺利完成当年的工作任务，并顺利地领取了当年的年终奖金。其间，几个女同事还几次上门看望我。

我在这样一个温馨而富有朝气的环境里生活了近20年，在这里结婚生子、买车买房，在这里聆听着美好的生活乐章。古人云，滴水之恩当涌泉相报。今天，感恩的机会来了，小商品城集团公司正全面实施"五水共治，共建碧水商城"志愿活动。有一个矿泉水的广告说得好：水的质量，决定生活质量。可以看出，"五水共治"不仅是一件善事，而且是一件关系到所有义乌人"生命质量"的大事。我能错过这个奉献自己一份力的机会吗？

选择

几年前，我随旅行团在土耳其旅游了十多天。土耳其人很热情，我们每次到餐厅用早餐，总有个端着盘子的服务员走过来，微笑着问："Would you like tea or coffee ,Ms？"显然，要回答服务员是用"茶"还是"咖啡"，这个选择并不难。如果喝了咖啡后发现它不合自己口味，顾客还可以让服务员替换成茶水，这也是很寻常的事。然而，现实生活中，需要我们做选择的事很多，却不是事事都可以这样随心所欲。

举个例子。孩子在青少年时期，对诸事都抱有很强好奇心，比如

土耳其"古罗马角斗场"遗址 余健 摄

他们不分良莠地阅读各种书籍，甚至是一些暴力凶杀或色情小说。这时，做家长的该选择哪种观点态度呢？是抱着"相信孩子的选择"的心态，选择顺其自然呢，还是选择采用一定方法坚决制止他们看一些不利于身心健康发展的书籍？如果是后者，这可需要家长定下决心，深入到孩子的世界里，因势利导地指点他们。人们都说"父母是孩子最好的老师"。我们选择积极向上的方法影响、教育孩子显得尤为重要。不妨看看"孟母三迁"的故事，孟母的教子理念会给我们一些启迪。

再举个例子。面对年事已高的父母，做儿女的该何去何从？是无动于衷，还是尽一份孝心呢？有人说，我很忙，因为人生有许多目标要实现，有许多乐趣要找寻，没时间守着他们。殊不知，亲近父母只会让你我在追求或实现了某个目标的人生更显意义深远、更令人身心健康愉悦。有人说，我确有不得已的原因与父母相距甚远，难得有时间和双亲经常相聚。其实，父母岂是婴孩时的我们，需要夜以继日地呵护呢？《常回家看看》这首歌唱得好，提醒天下儿女要多回家看看双亲，再说，相信许多人都会觉得哪怕只是经常问候也算是尽了一份孝心啊！孟子曰，惟孝顺父母，可以解忧。我们选择亲近父母、孝敬老人是理所当然的。秦始皇的母亲赵姬太后犯淫乱罪被秦始皇囚禁到贡阳宫，之后，为太后求情而被斩首的已达 27 人，后来，来自齐国的客卿茅焦冒死劝谏秦王，说只要天下人听说这样的暴行，人心便会涣散瓦解，再不会有人向往秦国了。嬴政顿悟，厚赏了茅焦，又亲自驾车，空出左边的尊位，迎接太后回都城咸阳，母子关系和好如初。古往今来，无论是君王或是平民百姓，都视赡养、厚待父母为天经地义之举。如何孝敬父母？让我们作出正确的选择，避免留下"子欲养而亲不待"的遗憾。

从小处说，人们在生活中要做各种各样的选择；从大处讲，不同城市、区域的人群对本地的社会方方面面的发展方向也会作出不尽相同的选择。早在秦汉时期，古人就提出通过仁、义、礼、乐来推行"道"，以求提高教化、形成好的社会风气、达到天下大治的目的。当今义乌人，

亦选择了用推崇社会主义核心价值观，阻止一切社会上的不良习性，以"诚信最美"为号召感召人们各司其职、各尽其能，达到禁止作恶、鼓励行善的目的。

　　黄帝说，中午阳光最好的时候，一定要晒东西！我们如果能够按照这一原则思考，该选择怎样行动做事，那么，对人、对己、对社会都将不无裨益。

"诚信"根植在心中

2016年暑假期间，我和家人去欧洲游走了几个国家，感觉对瑞士的印象特别深刻。除了目睹这座美丽的花园城市、参观举世闻名的瑞士钟表街市以外，还通过观看凡尔赛宫里一组1789年瑞士雇佣兵誓死保卫路易十六国王的雕塑，而见识了瑞士士兵的勇敢和忠诚。在梵蒂冈，听导游介绍了瑞士护卫队誓死保卫教皇格莱孟七世的历史故事。自古以来，梵蒂冈教廷选护卫非瑞士人不用的事实，成了史书上说的"在漫长的中世纪，瑞士人就以他们的勇敢、高尚和忠诚而扬名欧洲"的明证。罗马史学家塔希图就曾说过，瑞士因他们的战士的价值而闻名。

无独有偶。我国历史上，有不少关于明朝年间"义乌兵"英勇作战的记载。比如，有义乌兵和其家属面对有备而来的女真骑兵时视死如归，宁死不愿做俘虏，最后壮烈跳崖殉国的故事；有数以万计的义乌兵奋战于浙闽广和御守北疆的史实。与此同时，平息倭患的主力戚家军就是以义乌兵为主体而组成的，也因此，义乌兵的"忠勇"美名名扬朝野。当今的义乌人提倡"勤耕好学、刚正勇为、诚信包容"的义乌精神，这和当年"义乌兵"表现出的勇敢和忠诚的品性实系一脉相承。

我，作为一名新义乌人，在1992年刚参加工作不久就被义乌人"海纳百川"的心胸深深地吸引而来。然而，你也许不知，最打动我心的

却是义乌人有着"说到做到"的守信品格。

  记得那是1993年的一个夜晚,刚从杭州抵达义乌车站的我发现已没有公交车可以载自己回学校——义亭镇。怎么办?眼前的城市对我来说几乎完全陌生,可以说举目无亲啊。何况,我还要为明天的课备课。于是,我走到马路上,做起拦车的手势,盼望能侥幸拦到一辆车。还好,没过多久,一辆满载货物的大货车在我前方停了下来。我急忙跑过去,踮起脚尖对着车窗喊:"师傅,我到义亭一个学校,麻烦你带下我!"副驾驶室一个年轻人探出头来,他没有说话,却是一脸犹豫。倒是驾驶室的年长师傅对我说:"姑娘,我们发货到外省,确实往义亭方向开,但是到不了义亭呀!"我听了后,用几近恳求的口吻说:"你看,天这么黑了,我是一个老师,明天还要上课呢,你们就帮个忙带我一程吧!"不知道是否因我的恳求起效了,只见他们用我听不大懂的义乌话商量了会儿。然后,副驾驶室的青年对我说:

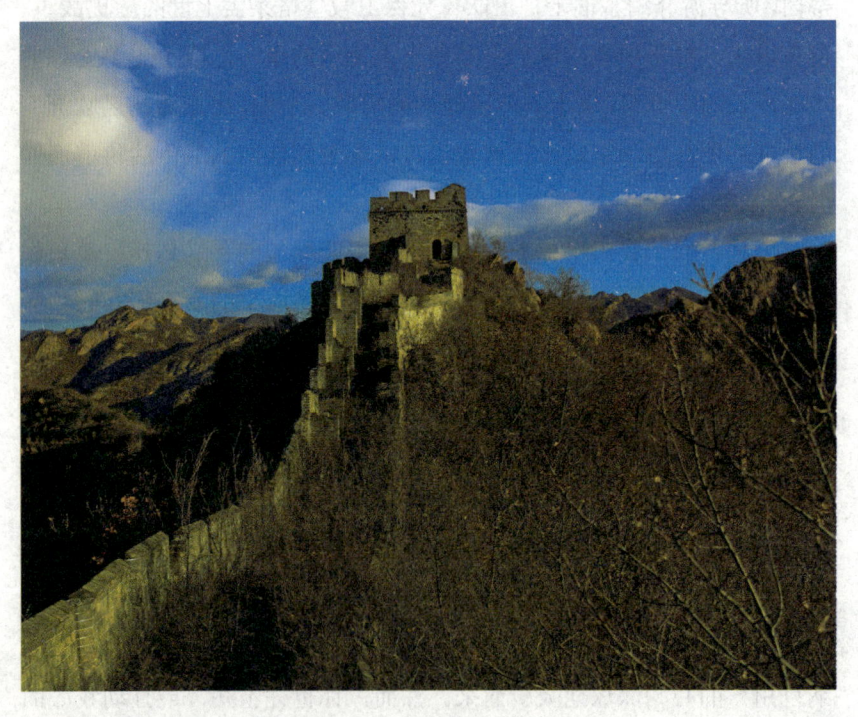

义乌兵防修的古长城 余健 摄

"上车吧,我们会带你去义亭镇那所学校!"我欣喜若狂地爬上了车,连声说感谢。

汽车行驶着,很快就到达一个岔路口,我知道左侧的公路就是通往义亭的。司机师傅稳稳地打着方向盘驶离省道,开到左侧公路上。可是行驶不到几分钟,意想不到的事发生了——公路上方横跨着两条电线挡住了高高的货车,过不去!这时,司机师傅只好小心翼翼地倒车回到省道上并停下车,对我说:"你跟我下车吧。"于是,我们走回那个岔路口。司机师傅说:"姑娘,很抱歉,我们的车去不了义亭了,但是,既然答应过你的事我们就一定会尽量做到。在这前不着村后不着店的地方,我们决定陪着你在这里等,直到有车把你带到义亭。"

后来,我坐上一辆小三轮卡车平安到达目的地。这两个义乌人的义举令我感动不已,久久不能忘怀。那些年,在我的工作生活中,遇到过种种困难和挫折,有时恨不得回老家去讨生活,但是最终我都顽强地挺了过来。这不正是因为两位师傅的友善之举让我下定决心扎根义乌吗?是他们不计得失、言而有信的举动感动了我,使我能够宽容对待别人,并认定自己值得把一生奉献于义乌这座城市。

义乌人就是这样用实际行动诠释着义乌精神,吸引着八方来客。长江后浪推前浪,义乌人的精神和事业都将绵延不断、代代相传。近期,义乌市委专门印发《义乌市深入开展"诚信最美"主题活动实施方案》的通知,把诚信教育贯穿公民道德建设全过程中,要让"重规则、守契约、讲信用、言必信、行必果"的现代诚信意识深入人心。

在电子商务风生水起、市场经济全球化的今天,各地都有不少影响市场正常经营秩序的商业诈骗等案件发生。故此,作为拥有举世闻名的小商品市场的义乌,它的城市管理者在此时大力倡导"诚信经营"理念显得尤为重要。众所周知,义乌小商品市场的繁荣和美誉来之不易,每一个义乌人都有责任和义务去捍卫它!让"诚信"理念根植于我们每一个人心中,义乌精神将深入人心!

盼望

　　以色列有这样一个故事：一个名叫雅各的年轻牧羊人看上了同族一个美丽的姑娘，并定意要娶她为妻，虽然身无分文还是勇敢地向姑娘的父亲提出他的请求。姑娘的父亲看中他高超的牧羊技术就对他说："你为我放七年的羊，我就把拉结许配给你。"雅各欢欢喜喜地在女方家放了七年羊后就上门娶拉结，不料，新婚之夜他发现睡在身边的不是拉结而是她的姐姐。雅各怒气冲天地找他的岳父理论，他的岳父说："你是知道的，有族规规定，姐姐没出嫁的话妹妹也不能出嫁，我只好先把大女儿嫁给你。不过没关系，你再为我牧羊七年，我保证让拉结嫁给你。"雅各为了他心爱的人又工作了七年后终于娶到了拉结，从此，他们一生相亲相爱，生活幸福美满。故事中的雅各为了娶心爱的人白白工作了14年，且不说期间创造的财富有多少，光是这漫长的时光足以考验一个人的真心，可是他做到了，原因很简单：拉结是他生活的所盼。

　　纵观世界君主制国家，比如英国，威廉王子无论是结婚或是生子，每次都是举国同庆，本国老百姓的喜悦溢于言表，那是因为人民因此看到了他们下一代的希望，他们对美好生活的继续有了盼望。再比如总统选举制国家美国，总统由选民选出，作为选民会把票投给自己心中支持的那个候选人，也因此，总统候选人为了取悦于选民会不约而同作出某种承诺，给民众一个"盼望"以此来赢得选票。自身的生活中也一样，当我还小的时候，我真盼望着早一天长大可以挣脱父母的束缚去做自己想做的事。终于工作了，我开始盼望遇到一个真心对我好的男人。有了满意的家庭，我又有了新的盼望，那就是，我需要有一辆够酷的车和有足够旅游全世界的钱。随着年龄的增长，上有老下有小的我，真希望老母亲和孩子能同时受到自己最好的照顾，自己工作又不会受到影响！盼望着，努力着，过程中有大喜也有大悲，可是，因为有盼望，生活过得充实而有意义。正如一粒种子，因为它对阳光的渴盼，在雨露的陪伴下终要发芽长大并开花结果。

没有实现的愿望叫盼望，即以愉快或满足的心情在期待。既然说是期待，那一定需要等待，如果对盼望有信心，正如开头说到的故事，对雅各来说14年的等待也是值得的。如果把盼望换个说法叫"梦想"，今天，作为中国人都可以看到、体会到，祖国在实现了一个又一个梦想之后，到如今，我们有了新的梦想，那就是我们的"中国梦"。不难发现，每个中国人都应该有"中国梦"，如果这样，你和我、我们的家庭、我们的国家都会在充满激情与活力的盼望中茁壮成长、蓬勃发展。

是他们吸引我留在义乌

许多年前,我来到了义乌,在小商品城广告公司就职,直至今日。这家国企吸引我在此奋斗了 18 年,让我成为新义乌人。我目睹了义乌市场的日新月异,更是深刻感受到了义乌人的热情、友好。可以说,是他们的友善吸引我留在义乌。

然而,到这家公司之前,我曾离开过义乌。幸运的是,一个偶然的机会,让我再次回到这片美丽的土地上,从此扎根于此。

老供销职校街景 童多综 摄

一年暑假，待业在家的我接到父亲递给我的一张《金华日报》，指着报上刊登的一所私立高中招聘语文老师的广告，建议我去看看。我按着报纸上的地址，当天就赶到位于义乌佛堂的树人中学应聘，并顺利过关。第三天，打上行李的我就开始了外乡生活。对口的专业让我的教学得心应手，加上校长的信任，同事们的支持，使我带的两个班在参加一年一届的"全市语文基础知识竞赛"中获得佳绩。从那以后，校领导越来越信任我，让我负责做教师会议记录、宣读各种重要文件、组织老师们讨论教学疑点难点等工作，有一次，校长还找我单独谈话，他说道："林老师，我听说你的父亲曾是永康区校的校长，已退休在家多年，我们不如请他到学校发挥余热。"父亲因为身体的原因没有去。然而，校长的热情和真诚却感动了我。

我到校任教一年后，学校校址因故搬迁到了义亭镇。因为当时的交通极不方便，我不得不辞职回到了家乡。

当我又回到父母身边时，我思索着：我有美术特长，又比较喜欢自由自在的工作生活环境，何不尝试改行？两个月后，我告别了父母来到广州番禺飞龙世界游乐城，从此当上了一名设计员。起初，我非常庆幸自己的美术特长终于可以很好地发挥作用。远在他乡的我，虽然工作后的休闲时间较宽裕，但年轻人那股自命不凡、"一生襟抱未曾开"的心态，让我对所在设计部的工作思路和作风有诸多的不满。一门心思地总想去改变点什么。

在和部门经理面谈几次无果后，心情更加焦躁不安。感觉同事间似乎都是为了工作而工作，虽有上千名工作人员，但大家都来自全国各地，要交上一个知心朋友很不容易，身边同事的频繁替换也使思乡之情愈发强烈。回想当年，如今的我更懂得体谅了从外省来义乌打工人员，理解他们的思乡情节和生活中存在的诸多无奈。

话题回到番禺，那时，好在自己在义乌任教时结交的一个朋友，他不厌其烦地每天寄一封信给我，在信中，他除了表示对我当时仓促离开义乌很是不理解之外，并一直催促我回去。直到有一天，他赶到

番禺，把我带回义乌。

　　1995年1月，义乌体育场举行了一年一度的春季人才交流会。回义乌后，暂在供销职校代课的我走到招聘现场，很快就被写有"中国小商品城"的招牌吸引。我走上前，招聘桌前正中央坐着一位领导，他留着平头，精神抖擞的样子。我毫不犹豫地把简历和作品递给他，并要求填报设计员的表格。说话间，他旁边的一个小伙子说："这是我们集团公司的总经理陈总。"陈总看过我的简历和作品，微笑地看着我说："如果你愿意，明天就可去广告公司报到，你可以尽情发挥你的特长。"我就这样被录用了！我心想：义乌真是个好地方，一个大公司的总经理都这么热情、和蔼可亲，还说可以尽情发挥我的特长，无论如何我先试试看吧。

　　报到那天，接待我的是广告公司毛总经理，他坐在宽大的办公桌前，注视着我说："小林，设计部已招齐了美术专业毕业生，你先在业务部跑跑业务。篁园市场场内、场外的广告牌都是我们公司经营的，广告牌数量很多，加油啊！"

　　就这样，我面对着一个全新的行业——做销售跑业务。到市场、专业街上，上门找客户，鼓励他们做市场上的广告，从洽谈业务到签订合同、开收款、安排设计、制作发布等全程跟踪服务。那时候的商家不同于近几年，他们大多广告意识淡薄，没有认识到广告会起到的效果，业务员的努力也往往不被理解。所以，在上门推销时，遇到冷落、鄙视甚至是被驱赶的现象都是自然的。但是，这次的工作机会对我来说是多么的难得啊！所以，我下定决心要把它做到最好。

　　功夫不负有心人，半年下来看收入，发现拿到的工资却是前所未有的高。随之，心情也越来越舒畅了，因为离家近了，回家看望父母亲也方便了。更令人欣喜的是，公司的集体生活过得丰富多彩，聚餐、春游、各公司之间的联谊会等，同事间的气氛活跃而融洽。天时地利人和，我发现发生在自己身上的趣事特别多。有一次，我报名参加了总公司运动会，我想自己反正没有田径项目方面的特长，就报个定点投篮吧。没想到，我这个不擅长体育的人居然得了二等奖，原因让人忍不住捧腹大笑：总公司一千多号人，仅有三个女同志报此项目。颁奖典礼过后，广告公司鲍总经理看着我两手捧着丰厚的奖品，风趣地说："小林，比赛那天，我看到一个女孩子，一个接一个地把球投进框里，原来是你呀，恭喜恭喜啊。"领导的风趣鼓励让我开心不已。还有一次，参加市里工商杯绘画大赛，我也顺利得了二等奖，为此市美协还让我提供多件绘画作品参加一个名为"义乌市十大妇女绘画展"的作品展，给予了我意想不到的荣誉。在公司，我名列前茅的业绩也是经常得到领导的嘉奖，先后获得优秀工作者、展会先进等荣誉。

后来，我在义乌顺利进入了谈恋爱的阶段，感觉每一天都很快乐，有同事说我："小林，你就没有不开心的时候吗？每天笑呵呵的。"殊不知，那是因为我在这里实在是顺心顺意呢。然而，谈恋爱的人时间总是不够用，加上由于年轻不懂事，认为只要做好本职工作就够了，对公司安排的其他工作往往不屑一顾。但是，后来经历的一件事改变了我，那是在一年一度义乌盛大的活动——小商品博览会上，大会即将开幕，我们公司承接所有展馆的平面广告、灯箱、气球的业务承揽工作和舞台搭建、展位门楣张贴的系列制作工作。作为业务员的我，在顺利完成所有业务承接、收款并下单到工程部制作后，就自认为无事可做，按时下班后和男友约会去了。接到公司办公室的电话，通知晚上到展馆加班。我没好气地回了声："我有事，不一定过得来。"说完就挂了电话，却没有回去加班的打算。晚上快9点时，我再次接到了一个电话，一看号码，是总经理的。总经理说："小林，义博会明天早上就开馆，工程部未完成的工作还很多，大家都在加班，你要有集体意识，没有特殊情况的话赶快过来。"无奈，我辞别了男友来到展馆。看到眼前的一幕令我惭愧不已：平常坐在办公室居多的总经理也和分管领导及公司其他三十几名员工一起，有的人用小刀剥下电脑刻过的不干胶字，有的把剥下的字贴到展板上，有的把张贴好的门楣展板送到展位上安装。我快速走过去，向领导报了个到，就加入其中，

和大家一起干起活来。从此以后,我对自己的工作有了全新的看法,我提醒自己不该仅仅为了工作而工作,要从中学点什么。

2003年,我当妈妈了,与当妈妈一样让我终生难忘的是,总经理和家人以及公司的同事们都前来探望,送来祝福,给了我特别的温暖。

随着小商品市场的不断扩建,广告公司的营业额也从起初的上百万元增长到上千万元,公司改制成了股份制公司。那年,我有幸被选为公司监事。几年后,在领导的鼓励和支持下,我光荣地加入了中国共产党并得到组织的信任,被任命为广告公司总经理助理,这是我多大的荣幸啊!思前想后,如果不是在义乌,没有他们——身边朋友、同事、领导给我的信任、支持、宽容、教导、关心、鼓励,我怎能留在义乌并顺利成长呢?之后,有两年时间,曾经分管我的副总经理担任了广告公司总经理,与我共事的那两年中,他一如既往地支持我的工作,我们的合作愉快而高效。

随着广告公司改制为集团公司下属的子公司,按照公司下发的"一把手轮岗"的通知,新任的总经理很快到任。刚开始,新领导的管理风格曾令我措手不及,可以用四个字概括:完全放手。公司业务事无巨细统统交付分管的副总,这使得分管业务工作的我感受到了前所未有的工作压力。这也正给了我更进一步学习实践的机会。

饮水而思源。我能成为一个新义乌人,深知是义乌人给了我这个机会,是他们把我留在义乌。在这片美好的土地上,今后,我将以更大的热情加倍地努力,展示自己、报答社会。

我和多多

"妈妈,我们是好朋友吗?"和我一起在家看书的儿子多多突然转过身来问我。"当然是。"我放下手中的书,感到诧异地回答。"好朋友是不打人的,你不但打我,还打头。"顿时,我哑口无言,不知怎样回答他。这小家伙肯定是记恨昨天因吃饭速度慢而挨打的事。

我"教育"儿子时一出手就打到头,因此,他爸爸在去年已立了规矩,打孩子不能打头,可以考虑打屁股。其实,今年我已经改变很大了,难得打两回,何况多多现在已是小学生,还当上了生活班长。都怪自己近段时间遇到了两件令人心痛的事,动手前忘记已定的规矩。先是上星期母亲打来电话说老家养了多年的猫死了,那可不是一般的猫,它不仅是捉鼠高手,还是"教育专家":它教它的孩子们捉鼠用的是"实际教材",可谓独具一格,令人叹为观止。即逮到一只活蹦乱跳的老鼠,经过它的"处理",使老鼠达到半死不活的状态时,再送给小猫们。之后,自己正襟危坐在一旁监视,既可防止老鼠挣脱小猫的爪子逃跑,又可避免老鼠反扑伤着小猫。我是看着这只猫长大的,所以,它对我毫无防备,可以允许我去抱它的小猫,有时它还会带它的孩子们到我的房间玩耍,我的床有一层密实的蚊帐,有几次,母猫居然把我的蚊帐当作训练的工具呢。它先是让小猫排好队蹲坐在地上,再依次让孩子们抓住床边蚊帐的一角,荡起秋千。这些小猫咪和母猫之间好像有什么心灵感应似的,我虽然听不见它们说话的声音,却从

来没见出现过混乱的现象，一只接着一只地荡，俨然是一支训练有素的小分队。现在听说它死了，我的心里有说不出的难过。另一件事，也是发生在前两天，我用积蓄了许久的工资买的一条项链竟然丢了，甚觉心痛。也许自己就在这样糟糕的心情下，无意间违反了"打人不打头"的规定，多多因此记恨他妈妈了吗？

"对不起，多多，妈妈错了，妈妈会知错就改的。"为了表示我的诚心，我站起来走上前两步，蹲在他旁边拉着他的小手说。"妈妈，最好是都不要打，好朋友是很友好的，有什么事，可以用嘴巴说。"多多说着，我顺势抱起他。这不是得寸进尺是什么？小孩子怎么可以这样和长辈说话！突然，我又心生一种想说一通大道理教育教育他的冲动。可是，多多的手臂正环绕着我的脖子，他的脸贴着我的脸，丝丝滑滑的，很是温馨。奇怪，我不仅说不出大道理教育他，声音反而更柔和了，说："好吧，不打了，那你也要听话，以后做任何事呢都要专心，不要拖拖拉拉。""OK，没问题！"多多说着并扭动着身体从我身上滑下去，又拉着我的手，指着一旁的小凳示意我坐下后，说："我们一起来读《成语故事》吧，这里有个成语我不明白，什么叫'口蜜腹剑'？"我看了一下书上的故事说："这上面不都写明了吗？""可是，多多需要妈妈再讲一遍。"看着多多，我禁不住又把他抱着坐在自己的膝盖上，说："好的，我的宝贝多多。'是指嘴里说着一套甜言蜜语的话，心里却是另打一套主意，为达到某个目的而说了让对方喜欢听的话。'"

接着，他用并不熟练的拼音拼读着成语故事。我默默地看着他，多多是他爸爸的珍宝，他爸爸甚至舍不得用重语气教训孩子，更别说动手打孩子了。以致家庭教育中"打孩子"成了我的"个人专利"。现在倒好，我既然已经把"不打人"的承诺给多多了，以后，我得要更加注意讲究"教育"方法，不能由着自己的性子想动手打就打，做父母的总该做言出必行的表率吧。

其实，我和许多父母都清楚，打骂孩子肯定不是教育孩子的唯一方式，看前面说到过的那只猫，我还从来没看到过它打过自己的孩子，不也照样教育出那么多优秀的小猫咪……"妈妈，你在想什么？"多多放下手中的书问我。"没有，我正听着多多讲故事呢。"我急忙收回思绪，专注地看着孩子答道。"我来和你讲个我们学校的事吧。""好呀，你说。""昨天，我们班的楼小敏跟我说，原本她的这次语文测试也可以得 100 分的，可惜她在写'我自己有一双手'的句子时写成了'我自己有一双毛'了，结果只得了 99 分。""哈哈哈……"看着他边说边示范的生动表情，我忍不住跟着笑了起来。多多是多么聪明的孩子啊！

几天后，吃晚饭时，我和丈夫谈论着要利用春节的几天假期出国游玩的事。听有经验的导游说过，自己在国内最好兑换一些美元，以备旅途中用。于是，嘴里满口饭菜的丈夫对我说："你去换，我最近很忙，反正好几万的旅游费我已付了，一点零花钱，你出一下。""我也很忙，没空！"事情虽简单，可听了他说的话，我变得不太乐意去做。"你还在心疼丢的那条项链吧，丢就丢了，大不了我给你买一条回来。""你会买的话早买了。"我还是不乐意。"爸爸"，多多拉拉丈夫的衣服，说："你应该讨好妈妈，我有办法。"说完，多多正面看着我，眼里已经堆满得意的笑。"多多说说看。"丈夫看上去也饶有兴趣。"你要用'口蜜腹剑'的方法，我就试过……"

多么可爱的孩子！但愿自己今后能用正确的方法引导他成长。

微笑

我的父母养育了八个子女,我是最小的一个。在我还小的时候,就知道了一些爷爷和爸爸的事。听母亲说,爷爷是地主,中华人民共和国成立后不久,他就因病离开了人世;而我的奶奶早在生我姑姑时就去世了。从此,年幼的父亲就和他的四个兄妹,在没有亲人的照顾下跟跟跄跄地步入青年。

我的父亲排行老二,因为有一手书法和绘画绝技,他从师范学校一毕业,就受到多家中学的邀请,工作很快就有了着落。他也很懂得照顾弟妹,在得知兄弟一时找不到工作的时候,他宁可把原有的工作岗位让给他们,自己再重新物色新岗位。母亲说到我们住的一栋小洋房时,总会面带骄傲的神情说:"这房子就是你父亲画领袖肖像画赚来的。"

我们八兄妹都敬重父亲。有父亲陪伴的日子,生活总是显得那么平静而祥和。直到在我大学毕业后,参加工作的第三年,父亲躺在床上,微笑着和我们告别。

父亲离开了我们,从此,父亲的那个微笑一直伴随着我,"微笑"中包含了乐观的生活态度,不断安慰我的心灵、激励着我前进。

父亲是我的偶像。他的书法和绘画水平在老家永康是出了名的。父亲五十多岁退休后在家,还是笔耕不辍;家里时不时就会有人上门请教书画技艺,有的是他的同行,有的是带上孩子上门"取经"的;

尤其是他的同辈人，即使是后来家住香港、台湾，或者远在海外的同学、同事，只要他们回到家乡，无不来看望他的。在我的记忆中，小时候经常去镇里唯一的一个公园——文昌星玩，公园的山顶上竖着一块大碑，正反两面有"毛主席到安源"的画像，那是毛主席年轻时的画像。毛主席身穿草绿色长布衫，脚踩布鞋，左手还握着一把暗红的油布雨伞，目光远眺前方，精神抖擞、昂首向前，整幅画惟妙惟肖，无比生动，以至于给人画中的人好像就要走下来的错觉。这幅画正是出自父亲的手。有一天，我问父亲："阿爸，在几层楼那么高的架子上画，你就不怕？"父亲回答："现在看看是很高，可是在画的时候未感觉害怕过。"这个回答我并不满意，又问："你是怎样画得这么好的，我怎样做才能画得像你一样好呀？"父亲笑着回答："阿爸像你这么小的时候，看到好看的花、漂亮的景色就有把它画下来或者雕刻下来的想法，有令人高兴的经历就想写下来，习惯成自然，一天不画、不写我就全身不自在。后来长大些了，我就向报纸杂志寄作品去投稿，不论是县级还是国家级的刊物都能发表，于是兴趣更大。就是这样不知不觉形成了良性循环，越画越好，越好就越喜欢去画，而且无论书写或画画都越发得心应手了。有人说你阿爸没有画不成的画、写不了的大字，其实这些技艺都是在不断地练习中形成的啊。我的女儿这么聪明，你不妨多拿起笔画一画，总有一天会画得很好的，甚至会比阿爸画得更好。"

父亲的一番话极大地鼓舞了我。他说的"只要有兴趣，就能画得好"这句话，就好像是告诉我"只要自己坚持做一件事，就肯定能做好"。

父亲也是我的良师益友。1992年我师专毕业后，做过教师、业务员、企业宣传设计工作等，频繁的换岗弄得自己心力交瘁、心灰意冷。于是我回到家和父亲说："阿爸，我想找个既能多赚钱又稳定的工作，可是事与愿违。"那时的父亲因有关节病在家休养，他笑着对我说："开心点，没什么大不了的事。"听到这答非所问的话，心里一着急，也就顾不得父亲有病在身，哭着喊道："你叫我怎么开心，我工作还

没着落！"父亲说："大不了我给你找呀，你阿爸找工作最拿手，你看，你的三叔刚从学校毕业时也是找不着工作在家干着急，后来我把我的工作给他，自己又轻松找了个新岗位。"听了他的话，我一下来了兴趣，问道："你当时是怎么轻松找到工作的？"父亲好像不急于回答我的问题，却说："不要说找工作，你忘了阿爸和你说过的话吗？只要你用心，没有办不成的事。现在，你有你阿爸、阿妈，还有疼你的哥哥姐姐，你自己又性格开朗、善交际，朋友都喜欢你，怎么可能没有好工作！"随后，父亲建议我和朋友出去旅游。果然，在游山玩水间，我有了做业务的想法；在父亲推介下也果真找到了一份新的工作。

　　十多年了，我坚守着这个岗位，由于组织的信任，使我的职位不断得到提升，我的事业蒸蒸日上。不得不说，都是因为父亲的乐观感染了我。他也影响了我们一家人：如今，我八十多岁的母亲精神矍铄，是八兄妹眼中的宝；我的六个哥哥个个事业有成；我的姐姐还延续了父辈的事业专攻中草药，也小有成绩，还配合二哥共同出版了一本中草药偏方专著。

　　是父亲在最后时刻留下的"微笑"让我刻骨铭心，实难忘怀。

珍惜"不愉快"

  我的父亲生前是当地远近闻名的文艺工作者,在 20 世纪五六十年代,他的字画在政府机关、乡镇礼堂等重要场合屡见不鲜。父亲的版画惟妙惟肖,常发表于省级或国家级的报纸刊物上,以至于引起中国美院校长的注意。该校长欣赏父亲的才华,特地写信邀请他到美院学习深造。父亲的写生技术也是娴熟了得。今天,我们保存下来的一张我外公的肖像画,就是当年他和新娘(就是我的母亲)头一次回去看老丈人时画的。据说,当时围观的人都赞叹不已,为他在极短的时间内画出一幅与本人神似的肖像画而喝彩。

  我从小就非常仰慕父亲,有一天,我问父亲:"爸爸,你为什么画画这么厉害,怎么做到的?"爸爸看着我,微笑着说:"爸爸小时候就很喜欢画画,看到一朵花就想把他画下来,而真正画好一朵花,却用了许许多多草稿,在草稿上画了改,改了又画,直到画纸上的花和真花一模一样。孩子,虽然修改的过程很长,而且枯燥乏味得很,但是,有了这种'不愉快'的经历之后,再拿起画笔重新画它时,那可谓是得心应手了。爸爸画画的技巧就是这样练成的。"

  当时听父亲的一番话,我是似懂非懂,直到后来自己遇到了类似"不愉快"的经历。那是我刚参加工作的时候,作为中学的语文老师,辅导学生参加语文知识竞赛是肯定要经历的,可没有想到,在自己大学毕业后执教的第一年就遇上了本市高中语文基础知识竞赛,而且时间紧迫,只有一个月的准备时间。校长告诉我:"林老师,机会来了,要抓住哦。"于是在接到通知当天,我就开始着手准备。首先,在两个班级里挑选出四名语文尖子生。然后,按制定的辅导计划,对学生进行辅导。为了不影响其他同学上课,我们利用晚自习时间,吩咐他们聚在一起做练习、记忆相关知识点。原以为自己计划明确、辅导到位,学生会自觉用功,毕竟谁不喜欢获奖呢?辅导效果一定非常好。

不料,过了半个月,结果让人失望:学生们虽掌握了部分知识点,却还不会灵活运用。我心里很清楚,就凭这点水平想得奖是不可能的。情急之下,我决定先给自己加压,带头早起晚睡,且在原有的辅导时间上又增加了早自习之前的一段时间和中午休息时间,早自习之前一个小时用于朗读背诵,中午和晚上的时间用于做练习。自己全程陪同辅导,鼓舞士气。剩下的那半个月时间里,师生间就差没有一起吃饭睡觉了。我的个人时间全部占用不说,每天还要三到四次对学生们进行重复地讲解及督促他们做练习,疲惫感席卷而来。

我的外公 胡承之 绘写

为此，参加培训的四位同学也是不辞辛苦地利用一切可以利用的时间准备参加竞赛，以冲刺的精神状态练习，再练习。

如果说这些艰辛算是一种"不愉快"的经历的话，那么，正因为有了这个经历，才有了后来傲人的竞赛成绩：一人获得二等奖，两人获得三等奖。获奖佳音传到学校后，校长专门组织全校师生为我们开了一场隆重的庆祝会，并给我和获奖学生发放了奖状和奖金。

"不愉快"的经历似乎都相似。我们再来看看著名科学家钱学森在美国留学期间的一段"不愉快"的经历。钱学森于1934年由清华大学公派留学，师从世界著名空气动力学教授冯·卡门，先后获得航空工程硕士和航空、数学博士学位。1938年和导师共同完成高速空气动力学的问题研究课题和建立"卡门·钱近似"公式，28岁就成为世界知名的空气动力学专家。却也因此，让当时想回国报效祖国的钱学森，遇到了前所未有的阻力，刁难接踵而至：被美国官方先拘留，后又软禁5年。这对于一个国际知名的年轻才俊来说是多么煎熬的5年啊！回不了国不说，生活也没有自由可言，又没有经济收入。但是，坚强的钱学森没有气馁，也没有抱怨，还风趣地说："现在我可以不受杂事影响，专心做研究看书写论文了。"也正是在这段时间里，钱学森完成了《工程控制论》等著作，再次取得了举世瞩目的成就。

正如一首歌中所唱的：不经历风雨，怎么见彩虹？无论在工作中，或是生活中，甚至是我们在养育孩子的过程中，在人生的旅途中难免会遇到艰难困苦、挫折失败等诸如此类"不愉快"的经历，让我们都能坚持自己的理想、信念，珍惜这种"不愉快"的经历。相信，美丽的"彩虹"迟早会出现。

给儿子的一封信

亲爱的儿子：

　　你好！

　　首先，妈妈要向你道歉，关于你用手机的事，妈妈有两点做得不对。第一点，在你读初中的第一个学期，你爸爸给你买了手机。之前他并没有和我商量，如果和我商量，我肯定要阻止的，在我看来，初中生要以学习为主，而初中生的自制力非常弱，怎么可以单独拥有一部手机呢？所以，知道后我问他："你怎么可以给孩子买手机呢？"他的回答是："现在哪个孩子没有手机啊！"这是妈妈的错，错在我和你爸爸缺乏沟通，以致在教育孩子的思想上没有同心合意，导致你有机会过早地、随心所欲地接触了手机。妈妈错了，请你原谅。第二点，当我发现你玩游戏上瘾了，尤其在暑假里可以说达到手机不离手的状态，视力急速下降。为此，在初二的暑假里，我制定了一个用手机的计划，想杜绝你因每天玩手机而忽视学业的情况继续发生。当我把拟好的计划摆在你和你爸爸面前时，你拒绝按我的计划执行，甚至不顾我流着泪讲述玩游戏的危害。那时，你的爸爸再一次替你说话，而我又一次妥协了。我当时是想，你爸爸总是心里有数的。现在我才意识到那一次的妥协是多么的不明智，作为一个母亲怎么可以对一个只有十多岁的孩子放任不管呢？我深深感到自己的失职，你记得吗？在那年暑假里，你在家里学习英语，妈妈高工资给你请了一对一的英语老师，以小时来计算佣金啊，儿子，你应该理解妈妈的用心吧！但是就在那两个小时的时间里你却偷偷地打开手机继续和网友聊天。一个十几岁的少年有机会这样接触手机，迷恋是在所难免的，这一点，妈妈深知，不仅是因为我自己也年轻过，知道要克服不玩游戏的不容易，而且我在社会上所听到的，哪一个问题少年的案例不令人触目惊心呢！但是，妈妈那时候还是存在侥幸的心理，认为说过了就尽到责任了，没有再想方设法对你进行疏导，且方法也不得当。今天，我要向你道歉。

正因为有了前车之鉴，今年寒假，妈妈意欲在你怎样用手机的事情上适当地做一些调整。而你又再一次拒绝妈妈的诚恳规劝，甚至以恶言对你的妈妈。你的无礼态度我可以不计较，因为你是我儿子。但是，我还是要提醒你：其实，玩手机游戏的恶果已经显而易见了，你为什么就不能听一次劝呢？妈妈也不是说要完全不让你碰手机啊，只是在两个小时玩游戏的时间之外，手机由家长保管而已。结果，你却宁可接受我提出的惩戒（就是送走小狗、寒假之后即刻没收手机、内衣自己洗等），也要我行我素整天带手机在身边。妈妈知道，你虽然是高一的学生了，但是你的自制力还是不够；为这件事，你的爸爸也已经告诉我不愿看到你整天手不离手机，希望我管管。再说，妈妈和爸爸都是你的监护人，我们有责任纠正你的不正确行为。以上是我今天我写这封请求信的缘由。

请求你听一听我再次规劝你的话，一位母亲的话。我的孩子，请不要迷恋手机上建立起来的关系网和只能给你带来片刻愉悦的游戏，它们的特点与它的名字相称，它名叫游戏；它们带给你的只是虚幻的世界。也许妈妈不知道你最需要什么，但是，孩子啊，我已经确切地知道：无论何人，如果自己的两只手一旦离开手机，就好像没有安全感了，那么，他一定是沉迷于其中了。俗语说：一心不能二用。当一个人沉迷手机了，怎么可能再专心致志地做其他事呢？常言道：要活在当下。孩子，你的人生正处在求知上进的阶段，勿要让"玩手机"

成为你的"当下"。古人云：光阴不回转。妈妈多么希望你在自己人生路上少一些遗憾啊！

　　当然，你身边的朋友、同学也许给了你不好的影响，然而，孩子，主动权在你手里。今天妈妈请求你：试着远离手机，试着和妈妈继续保持良好的沟通。

　　如果你不愿意听，孩子，妈妈说了自己该说的话。到了将来，无论你拥有怎样的人生，我也感觉问心无愧了。

　　祝你快乐！

爱你的妈妈
2019 年 1 月 30 日

美女镇长

　　两年前，义乌美丽乡村精品线十条精品线正处在基础设施建设的规划设计阶段中，十条精品线分别由八大国企承接建设，我们集团公司承接"至美大陈"精品线，为此集团公司专门成立了一个部门，负责落实相关工作。我刚调到这个部门的第二天就接到任务：到精品线上实地勘察，收集土地资源、村容村貌、人文故事等相关资料，为下一步美丽乡村建设的规划设计打好基础。

　　那是个春末夏初的上午，我和同事一起驱车来到大陈镇，在车上就听同事说："由镇长带队陪同我们去走现场，镇长很年轻，是位80后美女，而且战功累累，在她的带领下，美丽乡村建设这块工作已经取得'浙江省美丽乡村示范乡镇'和'浙江省美丽乡村示范村'等丰硕的成果。"当时我心里想：年轻的美女镇长会是什么样的呢？

　　我们的车一开到镇政府大门，就看到右边站着几个人，他们似乎在等人。"那就是赵镇长。"同事指着其中唯一的女性说。车子停下，一下车，我就急忙跑向他们，一镇之长亲自站在门口迎接我们这些工作人员，让我有点不知所措。和他们握手的时候，我近距离仔细看着赵镇长，不由得内心又一次惊叹：镇长也可以这么美丽！眉目清秀，皮肤虽然显得有点黑，但属于那种被阳光照射的健康色，漂亮的眼睛似乎会说话，而且身材苗条，乌黑浓密的头发扎成一个干净利落的马尾。"赵镇长，让你在门口等我们真是过意不去。"我先开口说道。

"哪里，应该的，你们愿意为我们镇出钱出力搞美丽乡村建设，我们十分感激。"赵镇长说话的声音好像是一种乐器发出来的，很是好听。第一次见镇长，她的年轻美丽就打动了我。

紧接着，我们两队人马一起坐上另一辆车，直奔"至美大陈"精品线。到了精品线起点站杜门村，因为杜门村属于另一个集团的结对村，所以，镇长带我们稍作停留就继续驱车上山。一路上，镇长让余主任给我们介绍精品线已经建设完毕的、正在规划中的以及需要我们进一步深入开发建设的情况都如数家珍地做了介绍。他说："大陈镇是一个生态资源丰富、风景秀丽的绿色镇，在这条线上有一条游步道，从山府村开始，沿着九都溪一路沿溪环山而上，全长8公里。这条步道滨水而建，蜿蜒而上，在不同路段还采用了不同的步道形式，有石板桥、原石路、木栈道、登山台阶，一路走上去，除了两侧风景，脚下体验亦是不同。经过修建的步道，不似原始山路崎岖难行，却充满大自然的味道，在青山竹海中穿行，既可以伸手轻抚微风嫩叶，又可以俯身掬水揽水草，是一条极其适合大众的轻登山徒步路线。精品线共经过九个村，总长15公里，接下去，几段游步道需要我们共同建设，整条精品线都贯穿着游步道。"说话间，眼前出现了一个村庄。

"这里我们停一下，百闻不如一见，我们要到游步道上去走一走体验体验。"镇长说。于是，我们都下了车，镇长示意司机先到终点站，然后转身走向我们："这里的整个景区以这条九都溪为主轴，以竹文化为特色，建议今后打造成集田园休闲、康体度假、运动健身、生态观光等功能为一体的和美乡村精品旅游风景区。"我们沿着已经建设好的游步道一路往山上走，镇长一路给我们介绍，遇到一个凉亭或者一棵古树，她就给我们说上一段故事，同事一路拍照做记录，就这样，从新建村走到高路村，又从三府村准备通过一段特别陡峭的山路爬山到北山村。站在北山山脚仰望那些陡坡时，我真有些不愿走了，好几里山路走过来了，现在又要爬山？我心里正在嘀咕，赵镇长走过来说："怎样，走得动吗？要不我叫司机开车下来接你先上山，你在北山村等我们？""没事，没事，镇长，这一路我们也要去看看，做规划设计不能遗漏一个细节，谢谢您的关心。"我急忙回答，随即打消坐车的念头。镇长都愿意陪着我们，我哪能落伍呢，同为女性，我还是70后，比镇长年长许多，可不能丢这个面子呀。

气喘吁吁的我跟着大家走完了山路，可我看镇长依旧谈笑自如，没有半点疲乏的样子。我看着她，明白了她的肤色为什么显得有点黝黑的原因了。这一次，美女镇长的敬业精神感动了我。

一路爬行，我们来到了北山村。余主任又向我们介绍村里民宿建设、卫生系统改建和土地流转等情况。当我们正走在路上时，一个农户向我们喊道："赵镇长，到我家坐坐，喝杯热水！"语音未落，农户已经走到镇长面前，握着她的手又说："多亏了你对我们村的关心，村两委已经决定今年就开始着手启动那个旅游项目。"原来说话的是该村的书记。虽然我不知道他为什么看到镇长就像看到自己的亲人一样亲切，但是他对镇长的感激之情已经溢于言表。这一次，美女镇长令我刮目相看。

就这样，经过一天的接触，镇长的美貌和能干都已令我对她喜爱至极，肃然起敬。在后来的工作交往中，我对她认识更深：敢于创新、勇于担当，为大陈的事业任劳任怨地奉献青春。

直至现在，我们公司和大陈镇的合作也是愉快而有成效的，在基础设施建设上、在招商引资的工作中都取得显著成效，因此得到了上级领导的充分肯定。

可以说，至美大陈的美丽乡村建设离不开这样的美女镇长。

服务市场是我们的本分

2014年春,为了更好地了解国际商贸城市场经营户的经营动态,并与市场上纳入"中国梦"品牌的不同行业的一百多家商家签约,我们公司各部门工作人员分头走访市场,与经营户面对面交流。

上午,我从办公室领了一个任务,就直奔一区市场名为河马精品的商户处。没过几分钟,我的车就开到一区西大门,停好了车后径直走向一区四楼工艺品区。按着手上拿的合同,走进河马精品店面。

一进门,一位店员很热情地迎了上来。我说:"我是商城广告部的工作人员,为'中国梦'签约的事宜而来。"对方说:"我们老板、老板娘都不在,具体负责的人也没来。"我说没关系,我可以先向她了解一下。这时,有一个店长模样的女工作人员走过来,用半信半疑的眼神看着我说:"你看上去咋那么面熟?"我报上名字后,她称自己就是店长,总监还没来,我们就找了个位子坐下,聊了起来。

我开始询问其"中国梦"的相关事宜,她说:"为了照顾年迈的母亲一直请假在家,有一年时间了。今天是我回公司上班的第十天,关于你所问的中国梦的产品进展情况,我还没法做说明。"我听了她所讲的,大大称赞了她,告诉她:"你可真算得上是宣传中国梦之'孝道'的典范,值得我学习。"她倒不好意思起来:"这是应该的,主要还是公司对我好,从来没有催促过我。"听了她的话,我心里更加为她对公司的那种感恩心态而感动。她继续说:"不过,我回来后,发现今年的生意和去年相比较,简直差距太大,不知道这些客户都去哪儿了。"我说:"有这么严重吗?"她说:"是的,先不说和四五年前比较,就今年和去年比,客人就少了很多,可能跟政策有关,现在政府采购这块就没有了。"我说:"政府采购虽然没有了,作为批发市场的经营户是靠批发为主的,难道批发生意也少了吗?"她说:"是的,批发商也是少之又少。"我往外看了看他们对面的一家卖水晶的店面,又问她:"难道整个市场都这样吗?比如你对面的这家。"她笑了笑,回答说:"对面的水晶产品是以零售为主,生意跟以前是差不多的。"

这时,他们的总监过来,我们互相打了招呼,继续刚才的话题。

总监也是一位女性,看上去比店长年长一些,打扮时尚,声音洪亮,给人的第一感觉就是:她一定是一个豪爽的人。果然,刚一坐下,她的话匣子就打开了。起先是概括了市场生意不景气的现状和他们将

中国梦产品 李永 摄

采取的对策，后来又发表了对中国梦产品的一些看法。

一，市场今年不景气除了店长所说的原因，和电子商务的迅猛发展也不无关系。他们的老板很是着急，做他们这种高档工艺品，采购和销售都需要大批的人才。到目前为止，他们的人员分别在三个地点：总部，即公司各个部门的办公点和产品陈列室及以五区夜市和这里（即一区四楼精品馆）。人员管理非常不方便，加上交通堵塞情况严重（对此我深有同感），有些客户下不了车就走了，再也不回来。为了解决这一系列问题，老板决定，在离一区市场近一些的信中小区专门设立三层的展示厅，并把相关的工作人员归类安排到那里。但是，风险很大，那里停车位稀缺，也容易造成留不住客人的局面；装修又要花几百万的资金，这势必给资金流通带来风险。

二，中国梦产品的推广是个很好的载体，他们老板非常重视，专门请人设计。但是，它的推广需要大家共同的努力，尤其在义乌，亟待一个有想法、勇担当的带头人，同时，整合多种销售理念，开创一条顺畅的产品流通渠道，不仅需要贸易商自身运用已有的客户营销网络，去尽力地推广；更需要政府有关部门在宣传渠道上给予一定力度的支持。正如他们"春闹枝头"的陶瓷工艺品，原来就是一个写实的春天的画面印在瓷面上，除了做工精致之外，似乎没有什么特别的。但是，他们的营销团队会在这件瓷器上下功夫，结合画面附上一个美丽动听的故事，再通过营销人员描述、解说，比如，喜鹊具有吉祥如意的寓意、梅花是坚强乐观的象征等等，购买者往往就会被吸引。

常言道：没有实践就没有发言权。在经商的道路上走过二十多年的这位总监的一番话引人深思，也证实了义乌市场走转型升级的必要性和紧迫性。作为商城集团的工作人员，应该为怎样更好地服务经营户尽心尽责，努力配合做好他们的每一项转变提升的工作。

岂不知，一区市场一万多商户是市场的主力军。没有市场的繁荣，哪有我们现在的立足之地呢？服务市场是我们的本分。

义乌市场或借"中国梦"这一正能量文化传播提升自身的品牌识

别度，值得我们思考其路径，集思广益寻找最佳的发力点，促进市场继续朝着繁荣稳定的方向发展。我们公司，不仅可以利用信息技术来整合过去使用过的各种营销传播形式，而且能使用数据库等信息技术来识别顾客的独特需求，进行定制化传播。借鉴"整合营销"的理论开展传播"正能量"信息，既遵循市场发展"客户至上"的原则，又符合了发展经济的"游戏规则"，何乐而不为？

今天，义乌小商品市场休市中

昨天，党支部微信群里通知在职党员可报名参加"公司党支部开展市场休市安全巡查活动"，我和几位同事都点击了"同年哥"App报了名，今天上午9点钟，我们穿上红马甲就向市场进发了。

小商品市场的经营面积达550余万平方米，拥有7万多个商位，经营26大类、180多万种商品，被联合国、世界银行等权威机构誉为全球最大的小商品批发市场。每年到这里采购的境外客商近50万人次，有100多个国家和地区的1.3万名境外客商常驻义乌，可想而知，市场的兴旺与繁荣景象该是多么壮观啊。平日里，市场里人来人往不说，市场外更是车流人流不断，尤其是市场周边道路还形成了早高峰和晚高峰现象，为此市政府多次对交通枢纽实施改造、重建，以保证道路的通畅。

而今天，距春节只剩三天，市场显得异常的安静。随着我们安全检查的队伍来到五区市场，公司已经关闭大部分的场内照明灯，通过天井照射下来的阳光显得明亮而温暖。我们从二楼的床上用品专业区块开始，到三楼的酒店用品和针织面料区块、四楼的汽车用品和小商品配送及宠物用品区块，再到五楼的电商区块、六楼的停车场等，对商位里外的用电、用水以及消防设施、公共设施器具等都进行了全面的检查。检查工作快速而有效。整个市场走动的人员，除了值班巡逻的安保人员，就是我们这十来个人了，走在空旷的走廊里，好像进入无人之地。一排排整洁的商位一律关着门，电梯也在关闭状态；为营造节日气氛沿着大通道悬挂在天花板上的灯笼纹丝不动，紧急出入口处有几个随风晃动的灯笼，好像在告诉我们：休市期间，这里是唯一的出口。这时的市场，静得能听见走路的脚步声，讲话的声音也显得特别清晰而响亮。可以说，整个市场似乎处在休眠中。

在我的印象中，按惯例，每年市场从春节前四天开始休市，热闹的五区市场也就从春节前五天下午关闭市场大门的那一刻起，就完成了从热闹到"休眠"的突变。

党员们的安全检查还在继续，我们从六楼走楼梯下到一楼，再走到户外，绕着市场检查绿化带、停车场等所有属于五区的安全检查范围。几千个停车位的停车场，这时也显得空荡荡的，水泥地面和建筑物外墙的广告牌似乎都在闭目养神；只有郁郁葱葱的花草树木在阳光的照射下显得尤为精神焕发、生机盎然。

"今天检查的基本是一些硬件设施，应急队伍的建设也不能马虎，

国际商贸城五区市场 吴贵明 摄

春节期间我们也要做好值班工作！"安全检查工作接近尾声时，带队领导叮嘱道。

是的，市场休市十多天，作为管理市场的业主，这个时候却不能休息，要确保来年开市的顺利进行。这是我们每一位商城人都应尽的职责，尽心服务好市场是我们的使命。没有市场，就没有我们今天的工作机会。

市场的主人就是千千万万的市场经营户。他们的艰辛是有目共睹的，在一年三百六十五天的日子里，除了春节十多天的休假期，平时没有一天的休假。即使遇到中秋、国庆等传统节日，部分经营户也是在和采购商预先商量好，才会提早一两个小时关店门，否则，不仅可能会错失生意良机，更会给远道而来的采购商带来诸多不便。这尤为显出春节休市的重要性，给采购商和经营户一个约定的休息时间。我们相信，通过十来天的休息，经营户们将带着更大的热情投入新一年的经营中。

让土地和人民都有休养生息的假期，这在我国的历史上早有先例。贞观年间，唐太宗李世民采取了休养生息的策略，使战后的国家经济得以迅速恢复。众所周知，历史评判李世民是明君，他给人民、土地休养生息的机会，这一举措就是最佳的评判标准之一。

义乌市场的管理者们，审时度势推出休市的方案，无疑是一个明智之举。我们相信，一座享誉全球的商贸城市，能够成为全球最大的小商品批发市场，28年位居全国各大专业市场榜首，这一切的荣誉和"春节休市"政策的有效执行是密不可分的。

今天，义乌小商品市场休市。

挚友

　　二十多年前，如果我没有从一名人民教师改行成为小商品市场的广告业务员，就不会认识新光；如果新光是一位安于现状的普通生意人，我们也不会继续交往；如果新光是一位唯独以事业为重，不在乎友情的女人，我们也就不可能成为挚友。

　　认识她，是因为当年我身为广告业务员，是工作需要。广告业务员的工作一向具有很强的竞争性，业务员承接的广告牌数量越多，那么可以领取的工资就越多，如果营业额达到一定的高度，又可以取得一定比例的奖金。为了认识更多的经营户，争取更多的业务，我几乎每天都走在市场里或各个专业街上，一家店面又一家店面地去认识客户，推销广告牌。

　　有一天，我来到一条以往从没有踏足过的饰品专业街，走到一家招牌特别高大又显眼的店面门口，向里张望，只见整个店面犹如一个大型的展示大厅，面积很大，有三四间普通店面的大小，明亮的灯光照射着错落有致地摆放在地上的展示柜，柜台每一层都摆满了首饰。柜台之间的走廊中有几个人正朝向展示柜，手里提着像超市里的那种篮子正一件一件把选好的商品放入篮子里，也有一些人走来走去不断观望，虽然人来人往，却显得井然有序。显然，店里的生意很兴隆。和往常一样，我首先要找到老板，这样才可以直奔主题谈业务。于是，我看准了方向径直走向前台，刚一站定，就见一位和我差不多年龄的

青年女子微笑着走过来,说:"小姐,你是进货吗?""你好,我是来和你们老板谈谈做广告的事。"我笑着走向前说。这正是我与新光的初见。

互相介绍后,她马上饶有兴趣地说:"目前生意虽然不错,但是,我们需要进一步宣传企业的品牌。走,我们现在就去市场里看看,选个好的广告位置。"我们一起走在篁园市场,实地察看了场内外的灯箱、广告牌等不同形式的广告媒体。不到半天时间,她就选定了市场正大门上方、受众面最广的几个位置。从那一天签订合同开始,新光所定的广告位一做就是二十多年。

义乌市场从第一代开始至今经过了"五易其址,十次扩建"的诸多变迁,但这也没能阻止新光每到一个新迁市场就重选广告位的脚步。也许正因为她的执着并有着某种独到的眼光,她的生意越做越大。从开始的三四间店面,发展为自己办企业,形成了"前厂后店"的义乌商人的经营模式。店面又一再扩大、增多,在市场、专业街等诸多地方都分布着她的连锁店。

虽然说此时的新光已经成了名人,但她还是那么容易相处。与她合作做业务,愉快而有成效,愉快的是,新光从来不会逾期付款;有成效的是,与她签过合同的营业额之大,足以让我早早就完成每年公司制定的责任目标。

新光的事业还在不断地发展,她的业务范围不再只局限于当地,业务项目也开始向其他行业探索。记得她最初是与人合作开发旅游事业。她们开发钱塘江一个旅游项目的那一年,她还邀请我和几个好友一起去现场勘查,向我们介绍他们做这个项目从起初的选址到后来确定规划方案的一系列过程,以及对未来的展望。看着娓娓道来的她,我们不禁都拍手叫好。

我们是怎么几十年如一日地一直保持着友好的关系呢?是因为我们一直有业务上的合作吗?不是,在我看来,最主要的是她有一颗善良的心。

有一天，新光给我打电话说："老友，这几天我们公司来了几个广州饰品行业协会的代表，你过来认识一下。我已经向他们介绍在义乌市场做广告的好处，他们都很有兴趣。"挚友新光就是这样，她愿意把好东西推介给别人。有了她的牵线搭桥，更是让我收获颇丰：就那一次，我签订的广告合同金额占了我全年任务的百分之十以上，并且，她推介的客户和她自己一样，也毫无悬念地成了我们公司长期稳定的客源。

还有一次，遇到工作调整，我产生了消极情绪。新光知道后，一方面主动做我的工作，一方面也找到我的分管领导谈，希望能帮我一把。在她和我的分管领导对我进行耐心分析劝导后，我很快就解开不愿适应新工作岗位的"症结"，愉快地进入工作状态。

挚友新光，是我一生的良师益友。

报答

前几天，公司的小郑生下了一个十斤重的女婴。今天，我和办公室的同志一起专程去医院看望她和孩子。

一进病房，我们就看到小郑躺在病床上，她的丈夫用吸管喂她喝水，她的妈妈和婆婆都在床前陪着她。大家见面了，就说起生下这么大婴孩的不容易以及母亲的伟大。她婆婆说："我儿媳妇是报娘恩呢。"是啊，我们农村里都有这种说法：女儿生孩子是在报答"娘恩"。意思大概是说母亲生养孩子是艰辛而不求回报的，做女儿的只有在自己身为人母的时候才会真正理解母爱，也才会更加感恩父母亲，正如俗语所说："养儿方知父母恩。"

俗语耐人寻味。说到"报答"，我作为一名女性，对自己的父母也有着深深的感恩之情。有趣的是，这种感恩源自于父母的"为人典范"带给我的好处。记得是读小学的时候，我们家不幸遭遇了一场火灾，一幢拥有十几间房间的木结构楼房顷刻间化为灰烬。火灾现场，父母亲忙于救火、抢物品，完全顾不到我，待我放学后走到已经成为废墟的家门前，竟不知所措地大哭起来。这时，有叔叔阿姨走过来说："这不就是胡老师的女儿吗？"其中一个亲切地拉着我的手说："孩子，不用担心，有我们呢。我已经和你的妈妈说过了，今天晚上你和我的女儿一起住。"另一个阿姨说："到我家也住几天，也在我家吃。"在他们家里的那些日子，我真切感受到了她们无微不至的关心和照顾。

叔叔阿姨和我说："你妈妈的善良是有名的，以前经常救济我们的。"

在我成家之后，我父亲离开人世。2017年，90岁的母亲也离我而去。母亲去世后的第二年，正值义乌美丽乡村建设开展得如火如荼之时，做这块工作的我就特意回家乡，打算参观镇里一些知名的古宅和古街，意欲学习借鉴家乡美丽乡村建设的一些好的理念。

因为那个镇是自己小时候生活过的地方，对那里的老建筑很熟悉，所以，我选择先看最庞大的一座古建筑。一走进建筑大门，就看到不远处立着一块警示牌——"古建筑维修处，闲人莫入"。走到天井处，见十来个东阳师傅在维修、重雕木窗花。偌大的一个院子，只见右侧的几排房屋均已卸下砖瓦，看得出正在修缮重建；左侧的并没有看出有什么整修的痕迹。于是，我走向左侧，一个又一个的小天井展现在眼前，紧挨着小天井的一间间木结构的房屋，还是和小时候所见的一样陈旧，有许多地方已是破旧不堪。"你怎么可以走进来，快出去，快出去！"突然，有声音从房子那边传来。有人朝着我大喊，好像怕我抢他们的东西一样。等我看清是几位阿婆和几个阿姨坐在一个小祠堂里，就笑着对她们说："我也是这里人，过来学习这栋楼的建筑，不是坏人。""这里在做重要工作，就是不允许入内的，维修公司也是交代过我们，不能放闲人进来的。"其中一个阿姨干脆站起来准备赶我出去的样子。我见状，只得说："我是香琴的女儿，你们总认识的吧。""是哪个香琴，承之的香琴吗？"一个阿婆问。当她们确认之后，意想不到的事情发生了。坐在凳子上的十来个前辈都齐刷刷地站了起来，满脸笑容地招呼我过去。有人给我端凳子，有人给我倒水，有人还给我做说明："我们都是住这里的，是这栋楼的主人胡家的后代。听政府的安排，等那边维修好了，我们再住过去。"一个年纪最大的阿婆还说："你不知道，你的阿爸是我们的恩人……"

我想，她们是用这种热情招待我的方式"报答"她们的恩人吧，表达感激之情。受惠的人却是我——她们"恩人"的女儿。

古语云："滴水之恩当涌泉相报。"无论是恩人，还是亲人、朋友，

一路/皆/风景

只要曾给予帮助的，就知道适时报答他们，这成了我们社会生活中的普遍现象，毫无疑问，这也是我们中华儿女传承下来的优良的传统美德。当然，作为年轻人，更应该懂得报答社会、报效祖国。

约

查看百度即可知"约"字在说文解字里的解释为"缠束也",即某种约束。约字的偏旁就是"细丝、绳索"的意思。

生活中有各种各样的"约"。常见的有口头之约、合约,也有盟约。

先来说说"口头之约"。男女朋友约会、闺蜜间约吃饭、逛街,或者单位里领导和下属约谈等。一般而言,这个约的时间和空间,随意性都比较强。即使有事需临时改时间,或者突然取消约定,都属正常,只要约定者双方及时通知变化的因由即可,基本上不会给各自造成伤害。

我们再来看"合约"。合约是指双方或多方共同商定一件事,且共同议定了遵守的条文。如《史记·项羽本纪》所记:"约为婚姻。"古人对遵守合约的重视可以从明朝宋濂的《送东阳马生序》中可见一斑,文中提到"不敢稍逾约"。还有现在,我们谈生意签订的合同、买房子签的契约、到一家企业与企业主签订的劳动合同等都属"合约"。"合约"具有严肃性,合约双方不得擅自违约,否则将受到相应法律的制裁。

还有一种是"盟约"。顾名思义,它是指"相互起誓,各自以自己的诺言为约定"。正如《史记·廉颇蔺相如》记载,"决负约不偿城"。在古时战乱纷争的年代,作为一诺千金的一国之主,如果作出不守约的行为,肯定不是明智之举。

- 121 -

在现代社会，我们会接触到"盟约"吗？有人说这一般是不懂事的青少年会做的事。例如我的一个同事，他就曾说在初中的时候和几个小伙伴称兄道弟，并"歃血结盟"，学着《水浒传》里的梁山好汉，几个人在自己的手指头上挤出一点血滴在碗里，再喝下血水表示结盟完成。孩提时的游戏自然不能算什么。然而，很多人都没有认识到，其实，基本上每个人都曾立下"盟约"，那就是我们的婚姻。在我看来，更该称这种关系为"盟约关系"。我们不像旧社会存在指腹为婚或媒妁婚姻。相反，许多人都经历了谈恋爱的阶段。试想一下，哪一个男人或女人是在自己谈恋爱期间感觉到极其痛苦之后才愿意和对方结为连理呢？肯定没有，恰恰相反，都是两情相悦后才结合：甜言蜜语或赞赏有加，在恋爱期间，相信双方都有意无意地给对方某些承诺，才会最后走到婚姻登记所领取结婚证，结婚证上的那个红印章不正是"盟约"的见证吗？照理说，每个人的婚姻都该天长地久，直到天荒地老。

然而，事实上并非如此。或有嫌弃糟糠之妻的，或有嫌弃丈夫碌碌无为的，更有甚者仗着自己有钱，过上"家里红旗不倒，外面彩旗飘飘"的淫乱生活，那一家庭的主人一定是忘记了当年的"盟约"了吧？我们先不说离婚或者心不在家庭的做法会给孩子造成多么大的伤害，殊不知，如果人违约了，无论什么"约"，"违约"给人良心上带来的不安感有可能将是长时间的，一辈子难以忘怀了。

我们不如学习古人优秀的守约例子，让大家都力争做一个"守约"的公民。如此，生活将更美好，心情会更舒畅。

煤油灯灯光

突然停电，
让一四口之家的晚餐陷入一片黑暗中。
主人拿出早已准备的煤油灯点上、放到餐桌上。
顿时，黑暗逃匿，
餐厅光明一片，
一家人欢喜雀跃，
似乎比电灯亮时更令他们兴奋。

殊不知，
父亲作为一家之主，
正如一盏灯，发出诚实不欺、坚毅果敢的光，
肩负着家庭灯塔般的责任。

母亲在家庭中，
也如一盏明灯，用温柔、忍耐和慈爱，
散发出爱的光芒，
凝聚着亲情。

他们的孩子，
受这两盏灯夜以继日照耀，被潜移默化地影响着。
总有一天，
他们也会发出自己独特的光，
让有违人性的事统统逃匿，
让人世间的爱广为传播，
正如那煤油灯灯光。

传承

每当黑夜来袭，
父母亲生前给我的温柔爱之语——在耳边重现，
他们的爱持续抚慰着我的心灵，
直到所经历到的困惑疑难不再"抓住"我。

他们深谙生活的真谛，
在五十几年深厚夫妻感情生活中呈现给了我们，
原谅代替记恨，
忠诚取代虚荣。

他们使我传承了他们，
借着父女、母女间多少年的朝夕相处，
没有其他方法有如此效果，
他们赐给我生命，
又培育了一个幸福的家庭，
因为他们所付出的辛劳代价，
还有那满满的关爱。

感谢你们，
我亲爱的父亲、母亲，
我会用一生来纪念你们！

想念你们

母亲那双手,
已经养育过七个孩子,
每当她触摸第八个孩子的时候,
总能感觉到恰到好处的舒适、无人能比的温馨。
在母亲完美的爱中,
我的身心得到茁壮成长,
每当我回忆她那温柔的拥抱时,
我只想对她说:
"母亲,我想念有你在的每一天。"

父亲那双手,
创作过多少幅新中国时期的字画,
自从他手把手教我临摹写字那天起,
父亲开始一字一句地教导我为人的道理,
每次,您总能开启我的眼睛,
看见你们给我那无私的爱和所付出的代价。
在您一生的诸多荣誉中,
我唯独见到您那张属于我的、独一无二的笑脸,
我想对您说:
"父亲,我想念有你们在的每一天。"

称赞的歌

自从有了你，我的孩子，
我的生命里充满你的身影，
我以全新眼光看待一切，
我每天期待看见你，
我满心惊奇，
我何等地爱你。
你的天真无邪俘获我的心。
我禁不住想轻声歌唱，
唱一首称赞的歌。
我的孩子，
我的生活因为有你而充满欢乐，充满期盼，
即使那一天，
你我为一个话题争得面红耳赤，
你表现的真挚与良善却让我羞愧难当，
你照亮了我的生活，
是你教导了我。
你的正直、无私俘获了我的心，
我禁不住想要轻声歌唱，
唱这首称赞的歌。

比酒更甜

自从你们生下了我,
你们就了解我,
无论我顺服或叛逆,
你们仍一味地祝福我。
你们生前给我的爱使我着迷,
我的父亲、母亲,我心感激你们的慈爱,
我实在忍不住,只想大声地说,
你们的慈爱已铭刻在我的生命中,
比酒更甜,
超乎我所想象的,
你们的爱足够我品尝一生。
所以,我的父亲、母亲,我心存感恩,
你们赐给我的生命和爱!

自从我们相遇,
我们一见钟情。
爱人,我是你的珍宝,
你我心心相印。
在你眼中,我尤为珍贵,
无论我热情或冷淡,
你总不离弃我,
我是幸福且有保障的。
我愿永远在你的怀抱中。
我实在忍不住,只想大声说,

你的爱是我生命中的甘泉,
比酒更甜,
超乎我所想象的,
你的爱将伴随着我走人生路,
所以,我的爱,我接受你的承诺:
让我们牵手一生、共浴爱河!

不能没有你

春季，百花齐放、百鸟争鸣，一派繁荣的景象。
在众多行色匆匆的少年人中，
你那淡定、坚毅、有几分关怀的眼神吸引了我
——深深地、无法自拔地。
不能没有你，
不然，我的世界会变得没有色彩和激情。

夏天，热浪滚滚、蝉声阵阵，犹如一个热情奔放而又任性的少女。
舞池中，随着一首《匈牙利舞曲》告一段落，
和你搭伴而舞的我已心生向往
——情真意切地。
不能没有你，
不然，我的生命将暗淡无光。

秋天，秋风送爽、金桂飘香，硕果累累的丰收季节。
婚礼现场，新郎甜蜜的呢喃和着亲朋好友的声声祝福，
我，作为新娘，陶醉了。
不能没有你，
有了你，美丽的人生才郑重开了个头。

冬季，瑞雪纷飞、银装素裹；
蜡梅怒放，似乎向世界预告：万物正蓄势待发。
乔迁至新居，一家之主聚父母、叔侄、姑婶、孩子们欢聚一堂，
我和孩子都乐在其中。
不能没有你，
有了你，福乐的生活如影随形。

祖国，我的亲密爱人

对我的爷爷和奶奶来说，
那时，祖国正历经磨难、饱经沧桑；
因为地主成分，
他们时时感到不知所措又恐惧失望；
还没有等到新中国成立的那一天，
奶奶和爷爷就相继遗憾地离世了。

对我的父亲和母亲来说，
新中国就如他们的再生父母；
他告诉我的父亲，
洒热血、抛头颅的革命烈士们已经付出代价，
国泰民安了！
你只管大胆施展你的才干，
教书育人、奉献社会；
他告诉我的母亲，
在这个大家庭里，
每一位妇女都有人生出彩和梦想成真的机会。
虽然今天，
我的父亲和母亲已经离世，
但，他们在言传身教中，
传承给八个子女，
那些激励人生的言语，
我们将因此终身受用。

也许，对海外侨胞来说，
祖国是他们"落叶归根"之地，
无论现在何国何地，
无论富贵贫贱，
无论归途有多少艰难险阻，
总期待着有一天，
能回到祖国怀抱。

相信，对这片土地上的人来说，
祖国就是每一位公民的依靠，
就是我们盼望的源头。
听，祖国正在发声：
现在农村是一片大有可为的土地、
希望的田野；
习近平主席十分关心"小乡村"里的"大民生"，
强调"不断增强人民群众的获得感、幸福感、安全感"。
我们的祖国关心人民。

看，祖国继续砥砺奋进：
航天、航海领域都取得了举世瞩目的成就，
科技领域的发展不断改善着人民的生活，
我们的祖国爱人民；
面对 2019 年国家深化改革的步伐，
国际社会喜称：
近期召开的两会，
展现中国推进合作共赢。
我们的祖国，受世界尊敬。

然而，对我来说，
祖国更像是我的爱人。
他哺育了我、栽培了我，
使我的眼看得更远，
令我的脚可以周游世界。
他是我的爱人，
我可以永远住在这个家里。
他刚强的时候，不咄咄逼人；
他温柔的时候，尽显爱情。
我知道，我不能没有他，
离了他，就不能做什么；
我已经情不自禁地爱上了他，
偶尔在境外旅游不多几日，
也会痴痴地想他，
急迫地要回到他的身边。

除了我的祖国，谁是我的爱人呢？
除了他，谁是我的亲密爱人呢？
他是我坚固的保障，
他引导我走光明的路，
他的温和使我自信满满。
我要把赞美献给他，
把我的青春倾倒在他的脚前，
他魅力四射，高贵而慈爱，
前所未有。
在最黑暗的夜里，
我依偎着你；

第一篇章　岁月之歌

在晨曦中，
我要深深吸一口你甜美的气息；
在你的家园里，
我的生活极为阳光而充满希望。
祖国，我的亲密爱人，
我永远爱你！

百名党员齐聚义乌市场为党庆生　方珉 摄

消防队员礼赞

我站在天空之下，
绵绵不息的生命之雨把我淋湿，
平安的保障温柔环绕着我。
你们义无反顾地付出，我们无偿地得到，
现在我有踏踏实实过好每一天的理由。
从"8·12"天津滨海新区爆炸事故中的英雄事迹里看到的都是你们，
人民消防队员就在那里，也在这里，
他们在人民的身边，护卫着你我的生命财产安全。
这跟你和我是谁、做什么无关，
只关乎中国共产党树立的"全心全意为人民服务"的标杆。
因为"公民"的意义非常简单，
意味着我们都将被保护、得着关爱。
我与你们心心相印、血肉相连，
我以你们的喜乐为乐，为失去你们其中之一而悲。
人民的消防员，是我们的平安保障。

"消防月"教育活动 余健 摄

溪水旁的橡树

我曾经是沙漠里的杜松，
孤身一人远在他乡，
饱尝了悲伤和失望。
幸好有一天，在人群中，我遇见了你
—— 秀雅俊美、含情脉脉，
我记得，
从你给我讲第一个故事起，你就打开了我的心扉；
你的肩膀强壮而有力，依靠它一次足以让我铭记于心。
你的双手勤劳又温柔
—— 源源不断地为家庭创造着财富，
令我十几年如一日地渴慕被它拥抱。
最感人的是，你总是不厌其烦地对我说：
"我的妻子，我爱你！"
自从有你陪伴，我仿佛已变身为溪水旁的橡树，
享受不尽家庭的温暖，
尽情品尝着爱情的滋养。

榜样

兰考之行使我们经历一次心灵的洗涤。
焦裕禄的一生感动了我们，
他的话语是我们所有的学员学习的典范，
它就像是在黑暗中大海里的一座灯塔指引着我们工作生活的前进方向。

"吃别人嚼过的馍，没味。"
是他高贵人格魅力的写照；
"干部不领，水牛掉进。"
彰显了作为一名党员干部的担当意识；
"我们都是人民的勤务员，必须和群众同甘共苦共患难。"
他以身作则教育了我们，这正是党员干部应有的工作态度！
"要好好记住，当工作感到没有办法的时候，你就到群众中去，问问群众，你就有办法了。"
这不正是我们实际工作中最简便、最有效的工作方法吗？
"活着我没治好沙丘，死了也要看着你们把沙丘治好。"
此乃感动天地之献身情怀。

兰考之行让我受益匪浅。
焦裕禄是我们学习的榜样。

鸟语

早上,窗外鸟语声声把我唤醒。
我知道,是花园里玉兰树上的那几只小鸟,
每天早上,他们如约聚会,似乎有要事相商,
难道,它们也知道一天之计在于晨吗?
难道,它们也知道定时聚会可以增进感情吗?
或者,它们是被大自然派到我们小区来叫早的吗?
或许,它们就是为应验"早起的鸟儿有食吃"的那句古话而激励着早起的人们吧。

你听,其中一只声音特别嘹亮的发话了:
"今天有雷阵雨天气,大家就在附近觅食,不远行!"
顿时,小鸟们叽叽喳喳地发出不同的抗议:
"哦,天,我还想去北山吃野草莓呢!"
"我想到义亭找寻麦粒呢!"
"我想去柏峰水库享用鲜美小虾呢。"
其中一只肯定是他们的老幺,嗲声嗲气地撒娇着:
"不嘛,我一定要到义乌小商品城楼顶的那个花园玩!"
你一言我一语,鸟语伴着花香。

我下床打开窗帘,
你看,在玉兰花的衬托下那五六只不知名的小鸟,
穿着灰白相间的漂亮衣服。
有的互相梳理羽毛,
有的上蹿下跳,

有的似乎在切磋着什么……
它们彼此说着话,
鸟语此起彼伏,热闹非凡。

我打开门,
花园就在眼前,那棵玉兰树近在咫尺。
我想和鸟儿们打个招呼、交个朋友,
却不料,我一跨步、一招手,
它们就齐齐飞走了,
留下这动听的鸟语声声。

说好了

童年的某一天，你和我说好了，
你的一张邮票换我一个苹果。
交换的那一天，你反悔了。
于是，我把苹果用脚踩烂，
声称再也不和你说话。

考大学时，你和我说好了，
第一志愿，我们填同一座城市。
结果，我因分数相差到了第二个志愿的那座城市，
你说，没事，我们依旧可以联系。
果然，城市间的距离阻隔不了你我鸿雁传书。

工作时，你和我说好了，
买了房子才可以谈恋爱。
我却经不住孤独时同行的关爱、呵护，
不知不觉，
我已然热恋了。
你知道后却打了我一记耳光，
说我忘恩负义。
从此，你赌气不理我。

一年春天，
你和心爱的女人结婚了，
我也和当年的同行喜结连理。

一路/皆/风景

我和你说好了，
要一生忠诚于婚姻。
若干年后，
你说曾经沧海难为水，要逃离婚姻，
我说言而无信非君子，实难容忍。
从此，你我失去了联系，
似乎说好了，
再无约定。

想念

生前，
你曾放弃去中国美院深造的极好机会，
回到你八个儿女的身边。
为了照顾我们，
牺牲很多，
献上父爱；
为了照顾儿时多病的我，
走遍各大医院，常常不能休息，
抱我在怀里，时时安慰我，
让我能体会人世间的最无私的爱；
为了培养我，
循循善诱，
语重心长地引导，
教我方法，
锻炼我毅力，
让我能笑着面对一切艰难险阻；
当我想念，
问题变渺小，
当我想念，
感恩的心情涌现，
当我想念，
幸福感充满我，
你全部的爱都给了你的孩子们，
我们都想念你，
我的父亲！

追念

生我养我的父母,
除了你们,谁是启蒙老师呢?
你们是我人生起步的保障,
引导我通往诚实正直的路。
时刻注视着孩子们的每一个脚印,
安慰、鼓励萦绕在耳畔;
陪伴着我们健康成长。
母亲教导我们以勤劳为本,
父亲训练我们勇敢坚强,
培养我们做对社会有用的人。
你们的温和使我自信,
从此坚定行走人生路,
无论脚下的路宽阔与否,
我的脚都未曾犹豫。
我追赶挫折,攀岩而过,
我抛弃沮丧,绕道而行,
非到阳光黎明路,我不肯罢休。
生我养我的父母啊,
你们是我永远的恩人。
我要在这里追念你们,
感谢你们!

第二篇章

异域之景

塞班岛印象

2012年春节期间,我们一家三口游玩了塞班岛。

塞班岛位于太平洋,是北马里亚纳群岛联邦首府,面积185平方公里,人口约52200人。最高点塔波乔山,海拔466米,主要出产椰干,亦产芋、木薯、面包果及香蕉,该岛于1962年成为太平洋岛屿美国托管地的首府。

选择塞班岛作为我们春节的旅游景点是因为朋友的推荐,他们说那里的人文景观都很原生态,几乎很少有人工的痕迹,还说那里的水很清澈,就像一串串珍珠,特别美。除此之外,还因为我们看了相关的介绍,它是美国的领地,二战期间美国和日本曾在这里进行激烈的战斗。这可是孩子学习历史知识的好时机,不容错过。

虽说是大年初一的航班,游客又都是由省内外各地散客组成的,团员们却都提前到达机场等候。我们顺利登机,经过几个小时的飞行就来到了塞班岛。

塞班岛是名副其实的"阳光+沙滩"的岛屿景区。行程第一天,我们坐船到达军舰岛。岛很小,且只

有二分之一的沙滩可以供我们下水游泳、打沙滩排球。游客禁入区据说是危险区域，前不久就有游客因不听劝而落水身亡。

这里的沙滩很美，纯白色的沙子，细细的。我们学着一些游客的做法，在上面挖出一个坑，人平躺进去，再用细沙盖到身上，柔软的感觉，很是舒服。海水清澈见底，同团的许多人都迫不及待地换上泳衣去游泳嬉戏。

丈夫说："在沙滩上多玩会儿。"作为摄影家的他要即时拍照呢。好吧，我和孩子跟着丈夫的脚步漫步在这美丽的海边，很是惬意。只

军舰岛海滩

见许多游客躺着晒日光浴,看上去基本上是白皮肤的人,应该是欧美游客。但也有黄种人,听他们交谈时的语言,有日本人,也有韩国人。

我们正走着,突然一个沙滩排球飞过来,落在丈夫的脚边。他捡起来投回打球的人群。看上去那些女孩子应该都是学生,青春靓丽。当她们接过球时,就都对我们异口同声地叽里呱啦,听得出来那是日语,大概是感谢帮她们捡球的意思。我不禁好奇:怎么那么多日本人?

游完军舰岛,导游带我们坐船来到马皮角悬崖。这里的海水湛蓝美丽,大家纷纷驻足,合影留念。悬崖高达 95 米,下面是珊瑚礁和波涛汹涌的大海。听导游说,这里就是日本战败后,住在此处的妇女儿童跳下悬崖的地方,故此也叫"自杀崖"。这个名字和美丽的岛屿风景太不相符了。

行程的最后一天,导游带我们坐上一艘快艇到达一个不知名的码头,并告诉我们接下去要乘坐观光潜水艇去观看海底世界。登上"美人鱼号"潜水艇,我们很快就潜到海底。潜艇缓慢地前行,海底世界尽收眼底。这里的海底不像海南三亚海底世界那样缤纷多彩,各种海草随着海水舞动,多种彩色的鱼儿穿梭其中,而是只有因潜水艇的发动机气流搅动后浑浊的海水和清一色的沙子。

"1944 年,这片海域曾是美军和日军展开激烈战斗的战场。这场空前的海空大战以日军惨败收场,损失三艘航空母舰、两艘油轮、600 多架飞机。前方看到的就是曾经的战争留下的残骸,有战斗机、油轮……游客们请尽情观赏。"随着艇内广播的介绍,我们才陆续看到各种被海藻覆盖的战斗机。战争留下的残骸数量之多使游客们纷纷感慨:充满战争遗迹的海底世界真是这里的独特之处。

塞班岛之旅留给我最深的印象是:这里不仅是旅行社广告中所说的"一半是美丽,一半是海水",也是一个充满战争记忆的海岛。

土耳其的"公共厕所"和棉花堡

那一年，春节前一个月，我们一家三口报了上海一家旅行团，准备赴土耳其、埃及旅游。费用不便宜，计两万元一位，十岁的孩子也一样。但春节出国旅游已经成了我们家的惯例，旅游带给孩子和我们许多的快乐。

报名后不到半个月，旅游公司就打来电话：由于埃及局势动乱，取消了埃及行程，单程游土耳其，如果我们要放弃此次旅游，费用可退20%。我们考虑再三，还是决定去，因为土耳其是我们向往已久的地方。

大年初二，上了飞机，我们才发现，偌大飞机，竟然只有半数左右的乘客。据导游小姐说，没有来的游客多数是担心安全问题。塞翁失马，焉知非福。这对我们来说未必不是好事，因为我们可以任意挑选三个位子，舒舒服服地躺下休息睡觉，这和一直坐在座位上十五六个小时直到目的地相比，差距显而易见。来回行程都有充足的睡眠，为我们这趟半个月的土耳其之旅增添了不少动力。

土耳其是一个历史悠久的国家，当地有许许多多的名胜古迹，尤其是拥有罗马帝国时期的大批量的建筑物：图书馆、歌剧院、浴场、洗手间、监狱等。有些已经修缮，有些是刚出土的，有些正在挖掘中……古迹之多令人在眼花缭乱之余不禁感慨古人的勤劳智慧，也让人不由想起享誉全球的我国伟大的历史文明。瞧，现代土耳其人都知道我们

古代的秦国，甚至带我们团的当地导游都称我们是"秦人"。这是翻译的问题，还是他们以为我们现在还是秦国呢？我们不得而知，只知道一个劲地向导游解释：我们是中国人！

参观了土耳其以佛所的古迹，尤其是公共厕所遗迹后，我们很是惊讶：1000多年前，土耳其人就有那样的卫生意识，不能不令人佩服。厕所建在一个小山坡上，用二十几个石头马桶一个一个相向而建，整个卫生间呈椭圆形，中间是一些石雕装饰品，供人们如厕时观赏。

"那时候的人是怎么擦屁股的呢？"一个男士的发问顿时引得大家哈哈大笑。导游走到一排马桶边（其实是一块一块坑状的石头），直接坐在其中一个"马桶"上，然后指着他脚前方的一条水沟说："你们都没有注意这条小水沟吧？水沟沿着马桶而建，利用山体的原石凿成，清水从山上的一个水库源源不断地引入。"导游边说边起身向前走几步，指着古迹废墟前方的一座高山，让我们明白水源出处。

"导游，这个水沟是洗手用的吧？我们问的是怎么清洁身体啊。"一位游客笑问。导游也和我们一样一脸笑哈哈的样子，说："用手取水沟里的水洗屁股呀。"说着他就走过去示范起来，逗得大家前俯后仰，笑个不停。"真的不错，我们当地有些地方还达不到这样的水平呢，比如，到一个地方，不一定找得到厕所，很是恼人。"游客们笑着说着表示广建公共厕所的理念非常值得我们学习。

参观越是深入，越是感觉土耳其人非常了不起。当然，土耳其的自然风光也是别具特色，最具特色的景点非棉花堡莫属。它遍布在土耳其登尼资里市北部，是著名的温泉胜地，有一种古怪的好似棉花一样的山丘，"棉花"上流淌的水形成了一个温泉。

到了景点，我和孩子脱了袜子、鞋子，踩在温泉中。哇，温温的，很是舒服。我们一路上欢笑着走了一个又一个山丘，从未有过的体验令人兴奋不已。棉花堡景区的管理不仅规范，也很人性化：当我们走累了，下了棉花堡，山脚下布满座椅供游人休息；洗手间布点很密集，里面都有空调，保证游客换衣服、穿袜子时不会感到冷；工作人员更是随时待命，他们的脸上似乎总是挂着笑容，只要游客有什么需要，只需打个手势，不出一分钟就会有人过来询问，沟通中虽然语言不通，但显然他们很有经验，总能领会我们要表达的意思，然后解决我们提出的各种问题，说话的语气总是那么耐心而柔和。

棉花堡的温泉和景区具有的服务让我们流连忘返。孩子说："像棉花堡这么好玩的地方只玩一天时间不过瘾。"

在我国，近几年的美丽乡村建设正如火如荼地进行着。搞旅游开发和美丽乡村建设的人们不妨借鉴他们的做法，除了充分利用现有的资源外，训练一批优质的服务队伍无疑是旅游事业健康蓬勃发展的关键所在。

那一趟土耳其的棉花堡之行令人难忘。

土耳其棉花堡

芽庄之旅的感悟

2019年春节，我们全家到越南芽庄旅游了6天。政府开通了义乌包机，加上越南离义乌近，旅游费用比到海南三亚低很多，再者，听去过的朋友说越南的海水很清澈，消费也低。就这样，已经读高一的孩子也愿意和我们同行。

出发前两天是大年三十，许是吃得太丰盛，许是白天打扫卫生，晚上又和家人欢庆节日，看春节联欢晚会直到半夜累着了，第二天我竟然起不了床，头昏鼻塞还打喷嚏，明显得了感冒。这哪行，马上还要出门旅游呢！按照惯例，我当即打电话给中医师姐夫说明情况。姐夫很快就把药方发到我的微信里。我按着他发给我的药方去抓了药并煎药服用。我已有中药见效缓慢的心理准备，服药后至少不会有昏昏欲睡的症状，也就不会影响我们一家人出游的好心情。

到了年初二，我们从出发候机到上飞机，再到达目的地下榻酒店这一段漫长枯燥的等待过程中，我们仨始终有说有笑。显然，我的感冒没有影响大家的心情，孩子甚至不知道我感冒了。

不过，这次出游和往年出游有所不同，我的内心有另一个担忧，因为17岁的儿子去年考上了一所重点高中，而自从上了高中，学习状态似乎大不如前了。最令我难过的是孩子开始不听劝，在我们做父母的面前动不动就表现出不耐烦的表情，大有"拒父母于千里之外"的意思。

第二篇章 异域之景

　　果不其然，我们一到酒店下榻，"冲突"就发生了。"儿子，睡觉前总要背一背英语单词吧？别再拿着手机了。"我首先发话。"我没带书本，怎么背？"孩子没好气地说。"那你也不要老是拿着手机，这样对眼睛不好。"他爸爸也开了口。"你们自己不也是这样的？我就要看！"孩子固执的回答顿时让气氛极度紧张，我的内心更是莫名地焦虑。这时，我感冒的症状突然冒出来，鼻涕不受控制地往下流，由于胸口难受竟咳嗽了起来。丈夫说："你的感冒严重起来了，快吃点药。"烧了开水，泡了一包中成药吃过后，我就上床睡下。他们俩洗漱后也陆续上床睡下。房间一片宁静，我的脑子却没有安静下来，暗暗地对自己说："算了，就六天时间，芳，放手吧，孩子没有说错，你们自己做的和说出的话不一致，这起不到言传身教的作用。还不如开开心心度过这六天的假期。"随着心结的解开，我很快就安然入梦。

　　旅游期间，行程安排得丰富多彩，有岛上迪士尼，有沙滩游泳，有观光名胜风景区，也有逛商场购物，还有各种表演供游客观看。有刺激的节目及浪漫的舞蹈。我按照那晚下定的决心要求自己，也同样要求别人，尽量少发表意见，和同团的人一起，我们都玩得尽兴。奇

芽庄一景

- 151 -

怪的是，这期间我的感冒似乎也好了许多，甚至回到酒店才想起来当天忘了吃药，后来几天干脆就不吃药了。难道愉悦的心情可以治愈疾病？

当然，有时候儿子的有些举动还是令我们忍不住想去说，每当这时，我就重复第一天晚上告诫自己的话，咬咬牙不说让孩子难受的话，然后若无其事地继续和他打成一片。有几次，孩子不在旁边时，丈夫责问我："孩子这样那样，你怎么不说他几句？平时你早就骂去了。"我清楚丈夫所指的主要是孩子手机不离手的事，我说："现在是旅游期间，对他放手，大家开心玩不好吗？""那倒是，这孩子心情好了还主动过来要给我拍照呢，我都有'受宠若惊'的感觉呢。"丈夫说。是啊，我也是这几天才发现，快乐中的孩子对父母既孝顺又顺服。到旅游的第五天晚上，孩子居然主动放下手机，早早上床睡觉，那时我们还开着灯看书呢，这样的举动对于总担心孩子睡眠不足的我来说是多么欣慰的一件事啊。

旅游是什么？对我来说，旅游是放手过生活，无论是对孩子对丈夫还是对自己，旅游是一家人欢聚在一起，增进父子、母子、夫妻感情甚至是冰释前嫌的绝好机会；旅游也是治愈感冒的一个美好过程。

日本的海鲜

得知我们一家人要去日本旅游时，孩子的爷爷专门打来电话阻止我们，理由是：日本人很坏，曾经侵略我国，到各地杀人放火无恶不作。丈夫回答说："所以，我们准备去日本踏平他们的土地。"丈夫的话自然是一种幽默的表达，为了让爸爸释然。

2011年的正月初二，我们如约到了日本。日本的街道真干净，难

鲜美的海鲜

- 153 -

怪到过日本的朋友，一被问到对日本最深的印象是什么时，总是说日本很干净。确实如此，大街小巷路面都很干净整洁，我们都不忍心随便扔果皮纸屑，大家似乎都变得特别自觉；日本的卫生间、房间很小，连垃圾桶都很小，我在国内从来没有见过那么小的垃圾桶；日本的电子产品品质很好，我们在宾馆里用的电吹风，吹头发的时候几乎没有声音；日本的海鲜也很地道。

从外面看，那个餐厅不大，就一间店面的大小，大门正上方立着一个大龙虾形状的广告牌，门口整齐地摆放着各种海鲜，看上去都极新鲜。走进餐厅才知道里面的空间很大，足有上百个餐位，每个餐位可以坐四个人，餐桌上已整齐摆放着调料。我和丈夫、孩子选了一桌坐下来，晚餐就开始了。上的菜是清一色的海鲜，有各种海鱼、帝王蟹、贝类。5岁的孩子吃得津津有味，我们也都尽情享用着。到了快吃好的时候，另一边传来一个极大的声音："你们日本人什么意思，我要的调料现在还没有来！"我们循声望去，是另一个团的一位游客，似乎有对餐厅不满意的地方。导游和一些人都赶过去，有人说："是不是日本人欺负咱们了？"说话间，丈夫也走了过去。事情很快就得到解决，丈夫回来后说："是游客提出无理要求，服务员已经说明这家店没有游客所要的调料。"我心想，那位游客是想挑战日本人呢，还是自己在国内时享受的服务确实比日本好而表示不满呢？否则，那么小的一件事，值得在大庭广众之下大喊大叫？

不过，回头一想又觉得，我们是花钱来消费的，店家就该做好服务，这是起码的职责吧。最后，解决的结果还是令大家都满意的，即对方为了表示歉意，和当地的导游商定：让今天在场的所有游客都到东京最繁华的地段额外游玩一个小时。此决定一宣布，就再没有一个游客说店家的不是了。

为期五天的短暂日本之行很快就结束了，在日本吃的海鲜和那家店家处理事故的态度给我们留下很深的印象。

珍珠串式的欧洲旅游

许多人都知道欧洲联盟，该联盟拥有28个成员国，但没有去欧洲旅游过的人大概就不知道，他们的旅游线路也是多国联盟，像珍珠串一样地把几个国家的景点串在一起，组成一个个供游客选择的旅游行程。

2014年春节期间，我们一家人开启了为期十天的欧洲之旅，搞清了他们的旅游策略。可以这么说，对于游客而言，既省了异国签证的麻烦，又实现了游客一次游多国的愿望，很是实用；对于有些成员国而言，如果不是借助这种组合策略，也许永远吸引不了几个游客，尤其是像我们这样的东方游客，因此，获利的机会就会少很多。可以说，"串珍珠"式的旅游值得旅游公司学习。

下面，我们先来回顾一下那一年欧洲之旅的线路。除了英国需要我们到上海办理面签手续，其余签证手续由旅行社全权负责。

大年初二，旅程正式开始。我们去过意大利的威尼斯、佛罗

瑞士购买的手表

伦萨，法国的凡尔赛宫、第戎小镇，英国的博物馆，奥地利以及瑞士的铁力士雪山，买过水晶和手表，也观赏了梵蒂冈的各种建筑，甚至还去过袖珍国家瓦杜茨。瓦杜茨地处瑞士和奥地利两国之间，邮票产业是该国的支柱产业。像瓦杜茨和梵蒂冈这样人口稀少国土面积也不大的国家，正是因为被"串"在旅游线路中，我们才得以到达游览观光。

再来看我们身边的旅游开发现状，旅游线路相对较单一。比如，就金华地区而言，你如果游玩了浦江的仙华山景点后，还想再去义乌的德胜岩，那你只能自己另行安排时间。假如你是个外省人，并不熟悉金华的所有旅游景点，但是因为某一天到义乌小商品市场进货，有了空余的时间想顺便去义乌及周边县市风景区走一走、看一看，就无从选起。这种情况下，旅游公司是否可以学习"串珍珠"式的欧洲旅游，为游客提供合理的旅游线路呢？

友善的英国女警

蛇园记忆

1992年的暑假，是我大学毕业后的第二年，由于各种原因，我在家待业。有一天，母亲告诉我，她的一个远房亲戚在广州番禺开游乐城，名气很大，正需要设计方面的人才，叫我过去看看。我当时想：去就去吧，听说广州改革开放比我们早，那边的生活条件更优越。

说走就走，第二天，和原工作单位的男友匆匆道别后，就背上行囊只身搭绿皮火车到了广州，又坐公共汽车到达目的地。刚走近大门，我就被眼前的牌坊惊呆了，高大又典雅，由雕刻后的石头砌成，门柱和门牌上都雕刻着祥云飞龙，门牌的正中央题字——广州飞龙世界游乐城，字体苍劲有力，也是雕刻而成，整个门楼浑然一体，甚有气势。我当时就想，仅仅是一个游乐城，连门牌坊都是我从未见过的气派，看来是来对地方了。

进了游乐城找到钱老板，说明自己的工作意向后，老板安排我在设计部工作，又让人带我去寝室入住，接下去的几天都由一位老员工陪我熟悉整个游乐城。

游乐城面积很大，记得当时的第一感觉是：好大哦，感觉是老家方岩风景区的好几倍大。景区内的山顶建有一座塔，是杭州雷峰塔的样式，游人可以拾级而上，登到塔顶。塔顶的空间挺宽阔，沿着墙壁设置一些靠椅，正中间排放着一个玻璃柜，是密封的，看不出哪里有可以开启的开关，里面摆放着家谱，记录着钱氏家族从宋代至今的发

展。

　　从塔顶的窗户往外眺望，整个游乐城尽收眼底，西边一个湖，湖中点缀着小桥、凉亭；正中间是游乐城的主打旅游项目——养蛇场，估计这养蛇场占了游乐城的三分之一。因为都是建在山坡上的，所以，远看去有点像梯田，只是每一层的间隔比梯田更小些，每隔十多米就用围墙相隔。围墙对着围墙，四周都用砖头砌成，围墙内密密麻麻地种着杉树。每个围墙就是一个养殖圈，不同的养殖圈关着不同的蛇，大部分是无毒蛇，游客可以近距离观赏，如果是剧毒蛇就只能远远观看。

　　没有到游乐城之前，我以为冬天都是看不到蛇的，因为它们要冬眠，直至到了番禺，看了这里的蛇后才明白：蛇可以不冬眠。到了冬天它们几乎全体都爬到树顶上。难怪番禺的杉树都是没有树顶的，树干上下几乎一样粗细。

　　东边就是紧挨着养殖区的表演区。表演区分室外游客嬉戏区和室内舞台表演区。室外的嬉戏区，由一个游泳池大小的水池以及几大块草地组成，每天都有专业的工作人员穿上职业表演装，在水池里与蛇嬉戏。大部分都是年轻女性担任这个工作，她们画着浓妆，在游客面前与蛇玩耍，往往引得游客一阵阵尖叫。胆大的游客可以在工作人员的指导下走到那几块草地上取上一条蛇或几条花蛇，或把蛇绕在颈部当"围巾"，或举过头顶作皇冠状等，以各种姿势拍照留念。这个区块的出入口指示牌上特别备注"胆小者勿入"。不过，游乐城内，相较其他景点，这里是最热闹的。

　　室内的表演区在一座宏伟的建筑内，里面设备齐全，有灯光设施、大舞台、可容纳几千人的座椅。这里上演的节目才是真正的刺激，毕竟嬉戏区的那些蛇是没有毒性的，而且蛇的牙齿已被全部拔除，不会构成任何危险。而舞台上表演的蛇就不一样了，是货真价实的剧毒蛇，只有专业的表演家才可以上场，表演与蛇亲吻、让眼镜蛇"起立"等。据说，这里的节目表演没有持续太久，因为在我离开游乐城后的第二年，有位"与蛇共舞"的表演家因一次失误被蛇咬了一口，来不及抢救身亡，从此表演厅就关闭了。

让我们继续向北观望，北边是一条狭长的人造景点，景点的灵感来自《白蛇传》。白蛇下山遇见许仙、法海识破蛇妖伎俩及水漫金山，直至法海把白蛇镇压在雷峰塔下等故事情节、场景都在这个风景点体现了出来。比如水漫金山的水和人物都用实物表现，加上灯光效果，音乐回响，身临其境的感觉得到许多游客，尤其是小朋友的喜爱。不少游客会一次又一次地买票重走这段景点。

景区的西南方向有几座低矮的平房，那是杀蛇和制蛇酒的地方。源源不断往外运送的蛇酒和蛇产品可都出自这里。

景区的南端，靠近大门的几幢高楼就是办公楼和宿舍楼。我在这里工作生活的日日夜夜几乎都是在景区内度过的。景区离镇里较远，除了工作需要到镇里，大家基本上都是足不出户。

这里的工作人员最大的特点是没有人怕蛇。有一次，我拿着自己设计的秋季门票样稿，坐上公司的一辆运货车赶往镇里印刷。当我们一下车，印刷店门口站着的一位小伙子就大喊"救命，有蛇"！我转身往车身的后轮胎处一看，果然有一条又粗又长的花蛇躲在那里，想跟我们玩"逃跑"游戏。门儿都没有，我迅速地走过去，一把抓住它的尾巴，轻轻一拉，蛇瞬间从车上掉了下来。我顺势用另一只手握住蛇头，叫司机师傅拿一只袋子把蛇装进去"押送"回蛇园。我的举动，直把围观的人看得目瞪口呆。其实他们都没有去过蛇园，自然不知道其中的奥秘。

我在蛇园游乐城只工作了一年时间，因为男朋友多次提出让我回家乡的建议，又几次跑到蛇园游乐城催促我回去，最主要的是一个女孩子远在他乡的那种孤独感也促使我下定决心回到家乡。

这一年在蛇园游乐城的工作经历让我收获颇丰。

热情奔放的希腊之旅

希腊之旅，其实是我们一家人的第二次欧洲之旅，虽然那段行程同时有葡萄牙、西班牙等五个国家，但是，希腊给我们留下最深刻的印象，所以，我就称之为"希腊之旅"。

希腊的圣托里尼岛闻名遐迩，希腊的葡萄酒和美食也吸引着来自全世界的众多游客前往品尝。对我来说，这还不是最吸引人的，不信咱们一起去看看。

记得在旅游的第二天，经过一天的旅途奔波，大家都拖着疲惫的身体来到一家酒店入住。酒店位于一座山的半山腰，远看去好像是一把靠椅，酒店正处在坐垫的位置，给人以稳稳当当的感觉。酒店外观不算豪华，但是里面的家具、摆设、环境都相当整洁干净。房间都是独立一层楼的结构，类似私人别墅，有天井，有花园。可是我们走了一天的路太累了，一进到房间好像回到家一样，把所有行李往地上一扔，就在床上、沙发上躺下了，一动也不想动。

海边游客

突然，隔壁花园有人喊话："义乌的朋友，快过来摘葡萄吃！"听到喊话，孩子第一个出门，过一会儿就带回一盆紫色的葡萄。这倒是稀奇了，宾馆里还有葡萄树？听了孩子的描述，吃了甜甜的葡萄，我们不顾疲劳走过天井来到花园。千真万确，一棵高大的葡萄树上结满了一串串已经成熟的葡萄。就这样，我们摘着葡萄、吃着葡萄，疲劳似乎已离我们而去。正在这时，导游打来电话通知大家在酒店大厅集合，一起出去吃饭。

在前往海边餐厅的路上，两旁果实累累的无花果树又吸引了我们。导游说："你们可以尽情地吃，因为这种水果当地人是不吃的。"这真是比世外桃源还美好，无花果也可以免费吃，那一个个熟透的果实，吃到嘴里比蜜还甜。

那一天的两种水果真的很是神奇，大家吃了都感觉倍添心力。

第二天我们的行程是到一处海滩，大家自由活动。希腊之旅最惬意的地方就在这里。孩子在浅滩游泳游得不亦乐乎。丈夫陪在孩子身边，一会儿游泳，一会儿躺在沙滩椅上休息，他也是随心所欲的，甚是快乐。我就比较自由，除了找些吃的之外，便在这偌大的海滩上走来走去，心情格外地愉悦。

走着走着，突然间许多原来或坐着或躺着的游客好像同时接到什

奔放的舞蹈

么通知似的，都起身朝着一个方向走去。于是，我也好奇地跟了过去。走到一处低矮的简易舞台前，才得知这里要举行一场沙滩音乐会，已经有许多人聚集在那里。从小较少接触音乐的我对这种场面不是很喜欢，不过，音乐很快响起，我也就留了下来。一阵铿锵有力、极富节奏感的鼓声过后，舞台中间出现一位舞者，看上去像个黑人大明星，身体强壮，披肩发。他挥舞着手势，跟着节奏开始扭动屁股，同时向台下的共舞者打了下手势，示意大家跟着他一起摆动起来。音乐越来越摇滚，大家的节奏也是越来越一致。我也情不自禁地跟着节奏动了起来。紧接着，音乐声、好听的伴唱，加上大家统一的舞步以及台上舞者异口同声的歌唱，营造出了和谐、快乐的舞池氛围。我第一次感受到音乐如此令人陶醉，它似乎在抒发自己的情感，分明就是一颗颗热情奔放的心在跳动！在这里，每个人都是热情洋溢的，每个人脸上都挂满了笑容。这使得我重新去审视台上那位舞者。他能够轻而易举地把所有人都带动起来，而且那么协调一致，歌声又那么富有磁性，他一定是位大明星吧。要不然，怎会有那么多人朝着他尖叫呢？音乐一首接着一首地进行着，人群越来越壮大。我决定叫上丈夫和孩子到这个地方来体验一下，感受希腊旅程中最奔放的一个环节。

一点不假吧，比起沙滩、美景及吃葡萄和摘无花果的经历，那一段震撼人心的沙滩音乐会体验更令人难忘。

新马泰之旅

有一年春节，我们一家人赶上刚刚流行起来的游轮之旅——游新马泰。

从新加坡起航，分别游了马来西亚和泰国，其实就是根据大游轮能够停靠的港湾，下游轮游了这两个国家的几个岛屿。岛屿都是新开辟的，没有什么特别吸引人的地方。所以，八天的行程结束后，我们几乎忘了哪座岛是属于马来西亚的，哪座岛是属于泰国的。只记得在一座无名岛上，好像是在泰国境内，发生了一件令人不开心的事。而这件事居然被我遇上了。

游轮内景

那一天，天气晴朗，万里无云。我们下了游轮后又坐上一艘快艇，经过十几分钟后，我们来到一座岛上。它位于海中央，岛上的树木郁郁葱葱，岩石林立。也许因为是一个临时开发的旅游点吧，我们下了快艇，一路向前走，却没有看见一级用石头凿成的台阶，只是随意开辟的一条新路。走到半山腰，突然听到有人尖叫。当地导游告诉我们："这里有很多猴子，你们小心手里拿的物品。如果遇到被猴子抢劫，那么，为了保护自己不受伤害，最好放弃你手中的东西。"听到尖叫声，又听导游这么一讲，哪有不紧张的。"这是什么地方啊，咋不早说呢？早知道的话，我们手上就不带东西了。"我害怕地禁不住唠叨起来。我的手上拿着孩子的感冒药和水，还有一块为孩子准备的毛巾。

不料，越是怕什么，越是来什么。话音刚落，一只不知道从哪里蹦出来的猴子，突然从我的身后伸手紧紧抓住我的那只塑料袋。塑料袋哪经得住猴爪的拉扯呢？很快，猴子就直接抓到了里面的毛巾和包在毛巾里的东西。"快放手！"我还没反应过来，丈夫在我前面大喊。

在阳台阅读的孩子

他一喊，我就本能地放了手。猴子抓到东西，一溜烟跑到山上，不见了踪影。丈夫和孩子都走过来问我有没有受伤。我说："所幸没有，还是往回走吧。"同团的还有三四位游客也有同样的经历。但凡手里有背包之类的，基本都被猴子"袭击抢劫"了。

对我们来说，这是一次令人胆战心惊的经历。我们几乎异口同声地表示："下次如果再叫我们重游新马泰，即便是免费游，甚至给我们奖励也不会再来了。"毕竟，谁会冒着生命危险玩一个地方呢？

带着遗憾回到游轮，才重拾了我们愉快的心情。游轮的结构令人惊叹，游轮上无论是娱乐、美食、文化还是像歌剧院、露天游泳池这样的设施也是应有尽有，简直就像把一座豪华大酒店搬到了游轮上，供游客尽情享受。吃饭之余，你可以走在甲板上，看看大海、吹吹海风。那一望无际的大海，给人以别样的感受。或者，晚上睡觉时，你只要不拉上朝着大海的门帘，就能躺在床上看海上日出，这又是一种多么独特的体验。

游客大部分时间都在游轮上，我们也享受着游轮的生活，轻松而自在。

最后一天，我们乘坐游轮返回新加坡，开始了一天的新加坡购物之行。新加坡是一座花园城市，处处是风景。新加坡也是一座现代化的都市，火车站、飞机场、商场、酒店等，它们的设计理念既新颖又耐人寻味。新加坡的人都很勤奋吧？否则，大街小巷上的男男女女们不会一个个疾走如风。这一点很像我们义乌人，无论是商人还是上班族，都在小商品市场周边过着快节奏的生活。而我们出门旅游是为了放松自己，所以，我提议：去买衣服。

那天晚上，我们一家人都各自提着自己想要的东西，收获满满地踏上了飞回杭州的飞机，旅程中遇到的不愉快早就忘得一干二净。

新马泰游轮之行，是休闲、浪漫之旅。

神奇的北京之行

"我爱北京天安门，天安门上太阳升……"这首歌在我小学的时候就会唱，我不仅喜欢唱这首歌，而且很渴望能去北京看天安门，但是一直没有机会。

直到我结婚后的第二年，才如愿以偿。理由有两个：一是我国有了第一个"五一长假"；二是丈夫说我们结婚一年多了也没有孩子，出去散散心，兴许能怀上。恰巧姐姐的两个孩子满10岁，他们也嚷嚷着要一起去，于是就这么定了。

五月的北京柳絮满天飞，轻歌曼舞般好像是在热烈地欢迎我们。我觉得北京的气温很舒适，对于我这个从小长在江南的人，尤其是刚刚经历了梅雨季节后来到北京，感觉这儿干燥的气候特别好，比如晚上洗的衣服晾在宾馆的洗手间，过一个晚上就能完全晾干，对我这个一天要洗四个人内衣裤的人来说便是好事，因为换洗衣服没有后顾之忧，大家可以尽情地游玩。

北京的人真多啊，景区里是人山人海。我们仅仅游玩明十三陵和颐和园就花了整整两天时间。先是陵园，那个队伍前后都看不到边呢，队伍移动的速度也堪称龟速。等了几个小时好不容易到了地宫口，在地宫的第一层阶梯上又熬了近半个小时才走到地下第二层。当我们参观完地宫里的文物，走回地面，仰望蓝天白云时，大家不禁都深深舒了口气，我也为终于结束陵园的参观暗自庆幸着。

然而，没有想到的是，第二天游玩的颐和园也是人头攒动，拥挤的程度一点不输陵园景区。那一天，孩子们似乎不耐烦了，丈夫肩负着我们四个人的吃喝物品，早已满头大汗。才开始排队时，我已经有

长城留影

些不耐烦，有种后悔来到这里的感觉。随后，不由自主地，我竟发起牢骚来了："这是什么鬼地方，哪里来了这么多人。"有些人投来同情的眼光，两个孩子用诧异的眼神看着我。丈夫责备我口出粗话，我也不以为然，继续唠叨着。这时，和我并排的一位中年妇女拍拍我的肩膀。我顺势看过去，女子穿着讲究、打扮也很好看，我猜她一定是个有文化有教养的人。她说："姑娘，心急吃不了热豆腐。耐心点，你们是从外地来的吧，我是北京人，因为要陪朋友，不也照样在等吗？还有，也不是说你着急了，这儿人就会少啊！倒不如和身边的人聊聊天，以交朋友等方式来打发时间，多好啊。"女子说完话不久，随着人流的移动，她和她的朋友们走向另一个方向去，很快不见了踪影。她不紧不慢的一番话却引起了我的思考，我现在是在旅游，有的是时间思考：她说得对呀，唠叨不仅不能使环境改变，而且会带给别人不愉快。两个十岁的孩子会怎么想，丈夫又会有怎样难受的心情？记得罗丹有句名言："美是到处都有的，对于我们的眼睛，不是缺少美，而是缺少发现。"颐和园是一个有很多历史故事的花园，它的美不仅在于亭台楼阁、小桥流水和远处的塔、近处的假山湖光，源远流长的文化底蕴也深藏在其中，正等我们去发现呢。

　　有了想法后就行动起来。紧接着，随着孩子们的游玩激情被调动起来，丈夫主动配合，适时调节气氛，我们四个人的旅程竟然因为那位女子的一句话变得欢快了起来。

　　后来的几天时间里，我们都兴致勃勃，不仅游了故宫、逛了北京胡同、听了京剧、爬了长城，也品尝了北京烤鸭、羊肉串和各种叫不出名的小吃。

　　总之，那次北京之行给我们四个人留下了特别美好的记忆。从北京回到家乡后的第二个月，我就发现自己怀孕了。

　　真是一次神奇的北京之行。

体验甜蜜爱情的奉化之旅

青春年少时,我和我的小伙伴们喜欢在节假日结伴去邻近县市的风景区旅游,观赏风光、共叙友情。工作后,我也继续保持这个爱好。在伴随着游玩的成长中,我很快到了谈婚论嫁的年龄,游玩的伙伴自然是局限于男朋友了。

说是男朋友,其实他是我交往多年的老友,应该说我们对彼此有所了解,我喜欢他英俊的相貌、优雅的谈吐,尤其仰慕他的专业才华。也因此,他的身边不乏主动追求的人。而我,不但没有出众的相貌、高挑的身材,而且是个外地户口的人,他到底是不是真的喜欢我呢?我的心里毫无把握。只能顺其自然,毫无主动权可言。

在一个星期五的下午,我接到了他的电话说:"兰,明后天双休日,你有时间吗,我们驱车去奉化玩,怎样?"奉化?多么陌生的一个城市,我对它的了解除了它是蒋氏故里之外,其他一无所知,也从未对它感兴趣过,难道那里有什么美景吗?就我们俩单独出远门好不好?他怎么想到去奉化呢?虽然我的心里有些疑虑,但还是欣然答应了。

第二天一大早,他就驾车来接我。我们从公司宿舍出发,一路上聊着各自单位里有趣的事,直奔奉化。他很细心,车上准备了水和各种零食。不知怎么的,这次出行我显得有些拘谨,不忍心在他干干净净的车厢内吃零食,只是一个劲地喝着矿泉水。不知过了多久,他突然把车转向路边的一个加油站停了下来,右手拉着坐在副驾驶座上的

我的左手，他的左手轻拍我的脸后又轻抚我的头发，脸上堆满了甜蜜的笑，说："兰，你喝了很多水，要去洗手间了吧？""你怎么知道的？难道是我肚子里的蛔虫？"我见他那充满爱意的眼神，就趁机顺势倾过身子去，双手抱着他的头颈，蜻蜓点水般地在他的脸颊上留下一个吻后说。

待我回到车内时，只见他的手依然放在我吻过他的那边脸颊上，笑眯眯地对我说："就这么小气的一个吻是不够的，兰。你总是让我猜不透。"瞧瞧，还说我让他猜不透，其实，我的内心是多么渴望能和他朝夕相处啊！然而，不管怎样，他能这么说，说明我们的关系还不错的。就这样，情侣共车所具有的甜蜜氛围让我们感觉三四个小时的车程如同几分钟就到了奉化。

我们停下车，手拉着手开始了奉化之旅。走过奉化的街道，看了奉化的山山水水，吃了奉化的美食，正如我之前对奉化的印象一样，感觉它作为一个旅游城市并没有什么特别之处。

两个人的旅游是自由而休闲的，我们俩照着旅游导游图上的标识，一路玩一路走着，直到一个旅游景点的卖票点工作人员告诉我们"今天休息了"，才想起要定一家宾馆住下来。

"我已经预订了一家宾馆，这里开车过去很近。"他说。于是，我们很快就到了宾馆大堂，我选了个凳子坐下，等着他去办理开房手续。我的心里很是忐忑，我和他住在同一个宾馆，是不是不合适呢？要是他只开一个房间的话该怎么办？我摸了摸口袋里的身份证，想送过去表达我作为一个女孩子应该单开一个房间的愿望，但是，内心深处又产生某种希望，也许是希望他在那个晚上陪我到天亮吧。正在我犹豫不决的时候，他走了过来，问道："兰，我们开几个房间？"呀！他怎么能问我这个问题，心里却想：也许他是不喜欢和我共处一室吧？否则，像我们相处这么多年了，我又那么喜欢他，今晚，哪怕是他提出更进一步的要求，我想我也会同意的。我暗暗地想着，只感觉脸颊发热，却不知道该怎么回答。他似乎看出了我的心思，也坐下来，用手揽着我的肩，他的脸贴近我的耳朵轻声说："阿兰，我很想开一个房间，但我又担心你我都不适应。"他见我还没表态，又说："要不，开两个房间，我会陪你到你觉得我们需要休息的时候再回自己的房间睡觉好不好。"

毫无疑问，那时候的我被他感动了。我没想到，他不仅是我所仰慕的人，还是谦谦君子。我掏出手中握着的身份证，把自己的头埋在他的胸前久久不愿移开。

有了那晚充足的睡眠，第二天我们一早退了房后，继续精神焕发地旅游。先是蒋氏故居，后来又去吃了奉化千层饼。到了下午回家之前，我们还买了十几篮的奉化水蜜桃，他说："这是给你爸爸妈妈的，那是给我的爸爸妈妈的，还有给双方姐姐的。"

经历了两天的奉化之旅，我对奉化的了解并没增加多少，甚至不记得那天在蒋氏故居讲解员都讲了些什么、故居里都摆放了哪些珍贵的历史遗物，还有那奉化千层饼究竟是什么味道。但是，那是一次体验甜蜜的爱情之旅，它已经深深地烙印在我的心里。

幸福的昆明之游

时下，结婚旅游已成为许多新婚夫妇的不二之选，我的结婚旅游地是在昆明。

在二十几年前，正值昆明世博会，丈夫早就计划好我们趁这个时候去昆明。那也是我第一次去昆明。

昆明的气候宜人，虽然是五月，却给人秋高气爽的舒适感。昆明的街道真美，街道两旁、居民房的阳台上，甚至是灯杆上都点缀着红的、蓝的、紫的各种花卉，走到哪里似乎都是到了花园，令我们惊叹不已。

昆明的世博园是我们前所未见的。大门口就已经显示出磅礴之势，正门上方竖立着"世界园艺博览会"七个红色大字，字的左侧是此次世博会的会徽，呈绿色，正和世博会的主题相符。正门前方正中间是一个大型的时钟，花卉组成钟面，不同的花卉层次分明地显示时针和分针、秒针。整个"钟"似乎在警示人们：要珍惜时间，要活在当下。"大钟"的一侧站着一个巨型的吉祥物"灵灵"，喻指集天下万物之灵，也指云南风光秀美，人杰地灵。"大钟"的两侧就是供游客行走的人行道。我们沿着人行道走进了世博园。

世博园内有包括我国在内的 69 个国家和 26 个国际组织的各种特色馆。主要有中国馆、人与自然馆、大温室、科技馆和国际馆五大室内展馆；竹园、蔬菜瓜果园、药草园、盆景园和树木园六个专题展园及国内、国际、企业三大室外展区。我们俩按着导示图走在世博园内，流连忘返。

昆明的石林令人称奇，昆明的雪山考验着我们的身体素质。

在这十多天的旅游中，我们时而牵手相伴、依偎着合影留念，时而相拥、时而嬉戏，时而又互相喂给对方美食，时而一起唱歌，时而静静地看着对方。有时我走不动了，丈夫会背我一程；他出汗了，我会亲手为他擦汗；我撒娇时，他会温柔地把我抱在怀里。一天下来，我看他累了，我愿意让他躺在宾馆的床上，然后用我不娴熟的手法为他按摩。每一天早晨起床，丈夫对我说的第一句话就是："我永远爱你。"新婚宴尔的我们尽情地表达心中的爱意，再怎么亲密都不为过。有时，引得旁人频频回首，他们也都报以微笑表示祝福。

光阴荏苒，结婚旅游至今日已过了二十多个年头。今天，我们的孩子都已经读高中了。由于性格和志趣的差异，在我们家，我们吵架、赌气，甚至一方离家出走过，夫妻之间的感情也经历了多次的考验。但是，我们最终都能冷静处理，化干戈为玉帛，和睦相处。因为在发

世博园留念

生矛盾时我们都会翻开结婚旅游的照片,每当我们回想起那段时光,昆明到处盛开的鲜花美景、世博园前的"大钟"、"灵灵"的笑脸,还有我们留给昆明的欢声笑语,我们仿佛又回到了当年,那段最纯真的幸福时光。

  我想:还有什么可以代替那次在昆明所成就的幸福呢?它是我们开启美好生活的见证,是我们永浴爱河的开篇,是我们婚姻生活的精彩章节。

开心的游客

永远的记忆——南京之旅

南京之旅是我一生中永远的记忆。

1993年暑假，天气炎热，窗外的知了似乎不知疲倦地"吱吱吱"叫个不停。放假在家的我心情却是格外好。因为我们隔壁学校的知知老师特意从义乌赶过来，邀请我一起去南京旅游。起初，我的父母是不同意的，理由是：一，你们还没有确立朋友关系，一个女孩子家怎么可以独自跟去玩呢？二，你们俩又不是同学校的老师，占用别人的旅游名额不合适。知知老师耐心地给我的父母做了解释："第一个问题不算问题，兰兰和我们学校的一位女老师同一个房间。第二个问题也容易解决，我可以按学校标准的人头旅游经费自费。"又对我的父亲说："叔叔，南京也是一个文化古城，南京的中山陵建筑群很值得我们去学习，听说，它的风格是既有中国古代江南田园，也有近代西风渐进时期的建筑。这次借学校组织旅游的机会得以去看看，很是难得的。"最后，父母同意了。

这也是我工作后第一次和同行们一起出门旅游。我们先是坐火车到达九江游玩了庐山，再从九江乘坐游船到达南京。也许是在游船上过夜的原因吧，我们刚到达南京入住宾馆，和我同房间的林老师就告诉我说知知老师生病了。我急忙跑向他的房间，只见他没有脱鞋就躺在床上，脸色有些发白，看上去有气无力的样子。"怎么啦，知知？"我关切地问道。"可能是晕船，不知道，有点难受。"他说。旁边的老师打趣地说:"肯定是相思病吧,我们都没事的。等下我把房间让给你们,兰老师安慰安慰他。"他说完后竟真的走出房间。好吧,由我来处理。以我自己的经验,加上平时当医生的哥哥告诉过我,病患如果感觉肚子难受,有恶心想吐、脸色发白的症状,那么十有八九是中暑,见效最快的方法是把病患身上的"痧气"逼出来。"你肯定是中暑了。"我一边说一边解开他的衬衣,端上一碗水后就在他头颈——我所认为的痧门处,用右手的两个指关节使劲地拧了起来。不一会儿工夫,知知就说:"好了,舒服多了。"说话间就坐了起来,拉着我的手说:"阿兰,你真好,你能不能当我的老婆?"

"可以啊,前提是你的身体要快快好起来。"我不假思索地答道。"真的?你不能骗我的。你看,我已经好了。"说着,就站起来一把把我抱起来,还转了几个圈。这时,同伴们也都过来了,估计原想问知知老师好点没,能不能参加当天中山陵的行程。一看眼前的情形,知知同房间的那位老师说:"我说的嘛,知知老师得的是相思病,一看到兰兰老师,病自然就痊愈啰。"小林老师却一脸怀疑的表情说:"不会吧,就一个晚上没看到而已!"知知放下我后,手臂依然环绕在我的肩上说:"不好意思,好像确实是这样。不过,从今天开始我再也不会不舒服了。因为阿兰老师将成为我的老婆。""这么容易就到手了?"有声音说。"是的,知知那么优秀,我不知道配不配他呢。"我立马回应。"起码,喜糖要先发嘛……"一群年轻的老师说说笑笑地都走出了房间,各自简单准备了一下,就乘车前往风景区。

知知不愧是当时他们学校最年轻的教坛新秀,他上的语文课之生动有趣在教育界也算是小有名气;他博古通今,知识面很广,是公认的优秀教师。所以,那一整天我只要黏在他的身边,就等于有了一个现成的导游,外加随身服务员。口渴了,有他给我递水;到了一个景点,导游还没开始讲,他已经滔滔不绝地为我介绍了起来,而且确实讲得非常生动。比如,我们走在中山陵的台阶上,他就结合南京作为六朝古都的许许多多历史故事讲了起来。期间,又从五四运动开始,讲到孙中山先生去世后建陵的经过。我当时就想：如果他能做我的先生，挺好的，那样我不但可以像我妈妈一样当个受人尊敬的"师母"，而且每天都可以听他讲故事，生活一定充满情趣。

两天的南京之旅，对我来说可谓收获满满，既观赏了各个景区独具特色的湖光山色，又增长了诸多见识，极大地开阔了视野。而且，通过这几天和知知的相处，我对自己的归宿有了更进一步的打算。我要把我的想法告诉父母，相信他们也会支持我的。

不料，天有不测风云。我们回去后不久，知知老师因为一次车祸而去世。我悲痛万分，惋惜年轻有为的他过早地离开人世，惋惜我和他从此阴阳相隔。

没曾想，那一次的南京之旅成了我永远的记忆。

第三篇章
乡村之美

赤岸西海

赤岸西海之"赤岸",源自三国时期的一个民间故事——大乔小乔出嫁,溪流两岸红嫁妆绵延十里,映红了溪水,故名"赤岸"。"赤岸西海"之"西海"源自义乌美丽乡村建设的规划主题——打造位于义乌西南方向花的海洋,故名"西海"。赤岸西海,一个古朴典雅又时尚美丽的地方。

赤岸西海是赤岸镇城乡一体化的核心地区,它位于义乌南部,交通便利,处在义乌、武义、永康的半小时交通圈内,拥有"六山半水三分地"的黄金生态资源比例,森林覆盖率达71.2%,为义乌之首,有着"浙中绿心"的美誉。赤岸西海沿线村落民风淳朴,古建筑保存及修复良好,容安堂、遗安堂等旧民居古朴风雅。赤岸西海文人集聚、民俗节庆丰富多彩、特色美食荟萃,有"金元养生四大家"之一的朱丹溪,有"长征诗人"冯雪峰,有三月三上巳节、六月六天贶节,有赤岸酥饼、丹溪红曲酒、毛店新茶、朱店豆腐皮等。

随着《义乌市美丽乡村建设总体规划(2016—2025)》的颁布,赤岸西海之山水浪漫精品线成为义乌市美丽乡村精品线之一,从此,这里开始谱写美丽的"赤岸西海风景区"新篇章。

这里,以林海为基底,以花海为特色,以溪流为纽带,串联整合村落自然文化资源,致力于打造"文化、生态、产业"三位一体,集"美宿、美食、美景、美人、美文"五美于一身的家庭农场集聚示范线、健康农业先行线、田园生活宜居精品线。

　　这里以骑行线路为基础，根据现有景观分布的建设情况，结合山水资源、民俗文化、历史典故及产业特征等，制定了"1环2核20农场"的总体规划。尚阳老街、东岩书舍、古桥月影、一新故居尽显赤岸西海深厚的文化底蕴，规划中的高端乐龄养老社区、网红民宿和候鸟式田园社区，将为西海增添清新雅致的时尚元素。

　　潺潺吴溪以清澈的溪流滋润绿色大地，乡村振兴的春风在这里荡漾，描绘出人与自然和谐发展的美丽画卷。青山绿水，美丽家园，赤岸西海，一颗迎着朝阳光芒四射的绿色明珠，正在义乌之南华川古城冉冉升起。

赤岸雅端

乡村赞歌

如果没有阳光,
大地必然黯淡无光;
如果没有美丽郊野乡村,
我们的生活会失去许多欢乐。
即使只是一趟周末家庭采摘,
果林间也总能传出欢声笑语;
或者漫步在小溪旁的游步道上,
郁郁葱葱的树木仿佛一对大翅膀包围你。
所有的疲乏困顿霎时一扫而空,
令人满心欢喜。
啊,美丽的乡村,
你那神奇的力量俘获了我的心。
我不禁想要放声歌唱,
歌唱我们美丽的乡村。

如果世间充满爱,
我们的生活必然绚丽多彩;
如果有了美丽的山林乡村,
我们的生命一定多姿多彩!
只要身在其中,
你就会以全新眼光看待一切,
难怪,鸟儿每天欢唱,
原来它们的喜乐情不自禁脱口而出;
难怪,水库是碧绿的,

原来它们反射了树林的颜色,
令人满心惊奇。
啊,美丽乡村,
你的恬静自信掳获了我的心。
我不禁想要放声歌唱,
歌唱我们美丽的乡村。

画里南江入梦来

青山绿水郁郁葱葱，
风吹画坞遍野莲蓬。
古镇新颜展世人，
农舍巧立笑欢浓。
画里南江入画来，
美丽乡村一梦中。

水居

"画里南江山水休闲"精品线规划效果图之一

美丽乡村新篇章

一篇雄心开创，

八味本草园，

香榧飘香，

医、养、游、观、吃、住皆齐全；

茶海桑田，原乡杜门，

库满渠通接规划，

古意添新春意浓；

续美丽乡村新篇章，

迎天下宾朋齐相聚。

注：杜门村位于大陈镇东塘片，是东塘片的经济文化工作中心。

"慢养龙祈"精品线一景

咏春

春风荡漾，万物苏醒。

东余坝花似锦，草茵茵。

溪华驿前一江碧水映彩虹。

铜陵隧道、党建公园、十里桃花坞，

关不住，古道柔情，欣欣向荣，满目诗意。

喜鹊枝头叫，柳絮送蜜语，

春燕归来细衔泥，鸳鸯抱雏共哺育。

疑似遇见桃花源，乐取一诗寄芳怀。

义乌梦，乡村赞，醉游人。

"至美大陈"精品线一景

迎新曲

和美乡村谁共建？如火如荼震天庭。
竹韵九都捷报传，城西花海频添喜。
春暖花开映赤岸，源源甘霖美大陈。
不忘初心趁早时，万马奔腾勇创新。

大陈鸟瞰图

寄语

故人赠我红糖，甜如蜜，
寻迹义亭甘蔗田，飘香引路。
闺蜜送儿自创陶艺，童趣满满，
择日寻访缸窑地，古道在前。
欲寄爱情、友情无别语，
"红糖飘香"浓情体验精品线正谈和谐。

缸窑一景

后宅行

树绕岭角驿站，水满曹村荷塘。
借乡村振兴之风，豪情舒畅。
李祖骑行线蜿蜒在田间地头，
德胜古韵田园乡梦吟唱于天地间，
尽是好时光。
有荷花红，菜花黄，
山花姹紫嫣红。
远眺稻田绿油油，
近观和美村居换新衣、抹胭脂。
水桥边，宾朋嬉水。
偶然抬头仰望，
节庆灯笼显喜气，
宣传横幅颂党恩。

"德胜古韵"精品线一景

新时代歌

看溪畔古樟树数,听秦词楚歌细诉。
桥头公园已续写,改革开放再出发。
莫疑"一带一路",多彩花溪休闲篇。
展新时代精品线,显中华国泰民安。

"多彩华溪"精品线之"环溪绿道"

初春郊游

春寒料峭游东黄,
水天一色风冰凉。
分水塘畔沏壶茶,
醇香扑鼻身渐暖。
恰似望道信仰线,
带给游人忆当年,
共产党宣言铭记,
心怀感恩暖心头。
游人如织话幸福,
五色城西慢生活。

"望道信仰线"之分水塘村景观

后记

　　感谢工作生活中给予关爱、本书创作及出版过程中提供帮助的人。感谢我亲爱的丈夫余健、聪明睿智的儿子余可多。我想借这个机会谢谢他们的支持与帮助。

　　同时感谢我的阿爸阿妈，是你们给我的无与伦比的爱使我拥有一颗感恩的心，感谢社会、感谢亲人、感谢身边的所有人。

　　由于时间仓促，加之水平有限，书中的粗疏难免，恳请读者朋友们批评指正。

胡林芳

2019 年孟春